# _Vorwort_

Fantasievolle Kurzgeschichten, lebhaft erzählt. Dämonen, Wesen, Vampire, Mysterien…Ich liebe es! Faszinationen neu erfunden und kreativ. Lassen Sie sich in einer anderen Welt fallen, erfüllt voller Zauber.

Auch Poesien und geheime Begierden haben hier ihren Platz. Geheime Ängste werden raffiniert ausspioniert und in Geschichten verpackt.

Sie werden völlig gefesselt und begeistert sein.

Ich wünsche Ihnen viel Freude mit meinem Buch.

## _Die Schwingen des Todesengels_

Das Licht wird schwächer. Es Dämmert. Mit jedem Herzschlag wird es schwerer, die Buchstaben vor meinen Augen zu erkennen. Selbst das Licht der Kerzen reicht nicht...

Der dumpfe Schlag der Bronzeglocke wehte mit dem kühlen Herbstwind zu mir hinauf und ruft monoton zum Gebet. Ein Geräusch, was ich im Lauf der Jahrzehnte zu hassen lernte.

Bin ich in meinem Glauben verwirrt? Nein. Ich trauere vermutlich nur meinem verlorenen Leben nach.

Müde erhebe ich mich von dem Holzschemel, der meinen Rücken vor nicht mehr fassbaren Jahren krümmte. Meine Augengläser fallen auf der Übersetzung der heiligen Schrift nieder, die ich schon so lange bearbeite. Unbewusst, ohne es noch als Handlung zu wollen, löschen meine faltigen Hände die Kerzen auf dem Pult. Ich höre meine eigenen Schritte schleifend und schwerfällig auf dem groben Steinboden, sehe meinen verkrümmten Schatten, hager, gebeugt, auf einen einfachen Holzstab gestützt.

Welch hochmütiger Gedankengang in dieser alten, leeren Hülle. Erfüllt mich dieser Anblick tatsächlich mit solchem Abscheu, solchem Hass? Trauere ich wirklich der stolzen Erscheinung, die ich in jungen Jahren war, nach? Ja, ich gestehe es mir ein. Ich hätte ein solch wundervolles Leben führen können...

Wohin haben meine Schritte mich gelenkt?

Was mache ich am Fenster?

Muss ich nicht hinab, um an der Abendandacht teil zu nehmen?

Meine Hände stützen sich schwer auf das steinerne Fensterbrett. Ich lehne mich ein wenig hinaus und sauge diese kühle, freie Luft ein. Sie riecht nach Regen. Die Dämmerung färbt den fahlen Himmel grau. Irgendwo, weit entfernt, heult ein Hund. Bestimmt eines der Tiere auf einem der Höfe in den Hügeln.

Sie bringen den Bauern nichts als Steine ein, kein Korn, aber sie sind auf ihre Weise frei.

Alles dort draußen, vor den Klostermauern ist frei. Aber trage ich nicht selbst die Schuld an meinem frei gewählten Gefängnis?

Müde senke ich den Blick und lausche dem Wind in den blattlosen Baumskeletten.

Irgendwo, weit unter mir ändert sich der Laut der Andachtsglocke, weicht den monotonen, murmelnden Stimmen, die den düsteren, kalten Raum der Kapelle hohl und unheilvoll erfüllen.

Fast wie ein Totengesang...

Leise, sanft, ungreifbar, mischt sich ein Rauschen unter die Geräusche... Das Rauschen zweier gewaltiger Flügel. Es kommt näher, wird lauter.

Meine Lider senken sich über meine schwachen Augen.

Ich lausche dem Rauschen der Schwingen, ganz versunken in dieses mächtige Geräusch.

Alles verblasst dagegen...Mein Herz schlägt ruhiger, gleichmäßig.

Als sich meine Lider heben haben die Nachtschatten den Schreibsaal erobert. Das Rauschen der Schwingen aber erfüllt nun diesen Raum.

Meine Rechte ergreift den Stock.

In meinem Rücken spüre ich Augen, die mich betrachten.

Schwerfällig drehe ich mich herum, der Dunkelheit von Angesicht zu Angesicht...

Nah vor mir steht eine Dame. Sie ist von solch sanfter, kühler Schönheit, dass mein Herz zu schmerzen beginnt. Nie zuvor war mir ein solches Geschöpf begegnet.

Sie muss von edlem Blut sein. Ihre weiße, makellose Haut erinnert an Seide, das lange, tief schwarze Haar weht um Ihren Leib. Man hat ihr weiße Perlen und Kristallsplitter hineingeflochten. Ihre Augen sind schwarze Perlen, seelenvoll, schimmernd, groß und den Sternenhimmel darin verborgen.

Eigenartig, diese Augen haben die Geburt der Welt gesehen und würden ihren Untergang beobachten.

Lippen, die die Farbe fast schwarzer Rosenblätter trugen, samtig und weich, lächelten schweigend.

Ihre zarter Leib wurde von schwarzgrüner Seide verhüllt; ein anliegendes Mieder aus Samt und Brokat, bestickt mit Perlen und Silberfäden.

Um ihren Nacken liegt sich eine filigrane Silberkette, an der etwas hing, einem Kreuz ähnlich, aber anders fremd und dem Glauben an das endgültige Reich näher...

Ihre Hand streckt sich mir in eleganter Haltung entgegen. Ohne mein Zutun lasse ich den Stock fallen und ergreife sie.

Was ist mit meinen Händen? Sie sind glatt, jung, kräftig... und ich kann die ihre durch die meine sehen.

Nein, ich muss nicht zu Boden sehen, um den verkrümmten, leblosen Leib eines uralten Mannes auf dem groben Stein liegend zu finden.

Ein Gefühl unendlichen Glücks, unendlicher Freiheit erfüllt mich, läßt mich vor Freude endlich lachen, laut, schallend, kraftvoll und frei.

Sie betrachtet mich stumm, ein weiches, liebevolles Lächeln auf ihren Rosenlippen, die Augen voll Güte. Draußen höre ich aufgeregte Worte, die Glocken läuten, unter ihnen die Totenglocke. Aber es gibt nur noch sie. Ihre Augen, der weite, freie Himmel, den ich darin sehe und das rauschen ihrer mächtigen Schwingen.

## *Der rote Schnee*

Es war eine Nacht, an der niemand gerne vor die Türe ging. Schon den ganzen Tag über fiel der Schnee vom Himmel, mittlerweile war die weiße Decke knöchelhoch. Das Thermometer zeigte fünfzehn Grad unter null an, als sich Sybille den Schal umband. Ihr kastanienbraunes Haar schaute unter einer dicken Fellmütze hervor, ihre Hände steckten in gefütterten Lederhandschuhen. Und mit ihrer Winterjacke hätte sie auf eine Polarexpedition gehen können.
Eigentlich wollte Sybille ihre gut geheizte Wohnung gar nicht verlassen. Schon gar nicht um diese Stunde. Doch Charlie war es egal, was Sybille wollte. Er musst Gassi geführt werden. Charlie war Sybilles Golden Retriever und total liebes Kerlchen. Doch leider hatte er die etwas nervige Angewohnheit, zu den ungewöhnlichsten Tages- und Nachtzeiten seine Geschäfte verrichten zu wollen.
Sybilles Blick fiel auf die Uhr. Eine halbe Stunde vor Mitternacht. Die junge Frau schüttelte den Kopf.
Eigentlich wollte sie schon längst im Bett liegen, denn morgen hatte sie ein Vorstellungsgespräch bei einer großen Anwaltskanzlei. Sie musste früh raus, um von dem verschlafenen Städtchen, das sie Heimat nannte, in die Großstadt zu fahren. Sybille war auf der Couch eingeschlafen und wollte gerade ins Bett gehen, als ihr Charlie ihr einen Strich durch die Rechnung machte.

„Charlie, komm!" Gemächlich trabte Charlie aus dem Wohnzimmer in den Gang, wo Frauchen bereits mit der

Leine wartet. Als dieses jedoch sah, mit welchem Elan ihr vierbeiniger Mitbewohner auf sie zukam, entfuhr ihr ein genervtes Seufzen. So lieb der Golden Retriever auch war, so träge war er auch. Dabei war er noch keine 5 Jahre alt! „Na, komm Charlie, beweg dich ein bisschen schneller. Ich muss ins Bett." Als der Hund endlich vor ihr stand, legte Sybille ihm die Leine an und öffnete dann die Wohnungstür. Die Wohnung der jungen Frau lag im ersten Stock, deswegen mussten die beiden zunächst die Treppen nach unten.

Sybille öffnete nach dem Abstieg die Haustür, hätte sie aber am liebsten sofort wieder zugeschlagen und wäre in ihr warmes Bett geflohen. Eine eiskalte Böe wehte ihr entgegen. „Uhh", kam es gedämpft unter dem Schal hervor, „So eine Kälte! Lass uns schnell machen, Charlie, sonst frieren wir uns beide noch zu Tode." Doch plötzlich schien der Hund überhaupt keine Lust mehr zu haben, Gassi zu gehen. An der Türschwelle stemmte er sich mit ganzer Gewalt gegen die Leine. Sybille hielt eisern dagegen. „Na komm! Du musst mal, jetzt komm gefälligst auch raus!" Mit einem letzten Ruck erstarb der Widerstand von Charlie. Widerwillig folgte er seinem Frauchen in die kalte und dunkle Nacht.

Schon nach wenigen Minuten war Sybille bis auf die Knochen durchgefroren. Der recht hohe Schnee verwandelte ihre Füße in Eisklötze. So eine Schneemenge war recht ungewöhnlich für das Städtchen.
Sybille hatte ihren üblichen Weg gewählt, den sie immer mit Charlie lief: von der Wohnung aus Richtung Rathausplatz und von dort dann in das Neubaugebiet Schönbrunn und wieder zurück. Für den Weg benötigte sie alleine eine gute halbe Stunde, doch mit Charlie zusammen

kam sie nie vor einer Stunde nach Hause. Er bewegte sich nicht nur ziemlich langsam, sondern blieb auch an jeder Laterne, jedem Stromkasten und an jedem Baum stehen und schnüffelte ausgiebig daran. Manchmal brachte das Sybille echt auf die Palme und sie musste mit dem Hund schimpfen.

Doch nicht heute Nacht. Charlie lief zwar noch langsamer ala sonst, ja, Sybille musste ihn sogar mitziehen, aber er blieb keine Sekunde stehen. Den Schwanz hatte er zwischen die Hinterbeine geklemmt, die Ohren angelegt und der Kopf wandte sich von links nach rechts. Alles in allem war es ein seltsames Verhalten für den Golden Retriever.

Als Sybille und Charlie auf dem Rathausplatz ankamen, hatte der Schneefall wieder eingesetzt und es kam der Frau so vor, dass es noch kälter geworden war.

„Verflucht", murmelte Sybille, als sie sich über den Platz kämpfte. Sie konnte kaum mehr 10 Meter weit sehen, so stark schneite es nun. Dann ertönte ein Glockenschlag und die illuminierte Uhr des historischen Rathauses zeigte Mitternacht an.

Sybille begann nach dem letzten Gong mit den Zähnen zu klappern. Es wurde noch kälter, zumindest fühlt es sich für die Frau so an. Und auch das Verhalten von Charlie wurde immer seltsamer. Er wollte in die Richtung zurück, aus der sie gekommen waren und winselte jämmerlich. „Charlie! Charlie, was ist denn?" Alle guten Worte nützten nicht, der Golden Retriever war nicht zu beruhigen. Und dann – mit einem kräftigen Ruck – riss sich Charlie los. „CHARLIE!" Bevor Sybille reagieren konnte, war ihr Hund schon in der dichten Schneewand verschwunden, die vom Himmel fiel.

„Charlie! Charlie! Komm zurück! Charlie!" Alles rufen half nichts, Charlie kehrte nicht zu seinem Frauchen zurück. „Wieso muss das ausgerechnet heute geschehen?" Sybille schlang die Arme um den Körper und wollte sich gerade zur Suche aufmachen, als etwas äußerst merkwürdiges geschah: die Straßenlaternen, die rings um dem Rathausplatz für Licht sorgten, begannen urplötzlich zu flackern und gingen dann komplett aus. Auch die Uhr wurde nun in Schwarz getaucht.

Sybilles Herz schlug schneller. Was war hier los? Die Lampen waren erst letztes Jahr aufgestellt worden! Sie durften nicht schon kaputt sein! Und vor allem nicht alle gleichzeitig! Die junge Frau drehte sich um die eigene Achse, in der Hoffnung irgendetwas oder irgendwen erkennen zu können, doch der dichte Schneefall in Verbindung mit dem Neumond raubte ihr fast komplett die Sicht.

Sie wollte nur noch zurück in ihre Wohnung. Charlie war ihr jetzt egal. Sybille war keine ängstliche Frau, aber das, was sich auf dem Rathausplatz abspielte jagte ihr einen kalten Schauer über den Rücken. Und ihr war sowieso schon kalt! Sie versuchte sich zu orientieren, doch es ging einfach nicht. Der Platz lag dunkel da, der Schnee fiel ihn großen Mengen, sie wusste nicht wo sie stand und wo es nach Hause ging. Also lief Sybille einfach los.

Drei Schritte war sie gelaufen. Drei Schritte durch den knöchelhohen Schnee, als ein entsetzliches Jaulen ihr den Atem stocken ließ. Charlie!, dachte sich Sybille und machte kehrt, denn das Geräusch kam aus ihrem Rücken. Doch hinter ihr stand plötzlich ein fremder Mann! Sybille prallte entsetzt zurück. Von wo ist der Mann auf einmal aufgetaucht? Als der erste Schrecken überwunden war, betrachtete sie den Fremden näher. Er hatte ein schmales Gesicht und kurze sehr helle blonde Haare, so hell, dass sie fast weiß schienen. Seine Hautfarbe war – soweit es Sybille erkennen konnte – ebenfalls ziemlich hell. Der Fremde trug einen langen schwarzen Mantel und schwarze Lederhandschuhe. Von seiner rechte Hand tropfte rotes Blut in den Schnee. Sybille machte einen großen Schritt nach hinten.

„W...Wer sind Sie?", verlangte Sybille zu wissen. „Wer ich bin?" Die Stimme des Fremden floss wie Honig in das Ohr der jungen Frau. „Das tut nichts zur Sache, meine Liebe."

Trotz der sanften Stimme des Fremden bekam es Sybille mit der Angst zu tun. Wer war er und warum hatte er Blut an seinem Handschuh? Der Fremde schien ihren Blick zu bemerken. Mit einem unschuldigen Lächeln hob er die Hand und betrachtete den blutigen Handschuh mit großer Faszination in den Augen. „Das? Das ist das Blut deines Hundes. Ich habe ihn getötet."

Seine Worte klangen freundlich und ruhig, doch deren Inhalt versetzte Sybille in Angst und Schrecken. Sie hätte den Fremden fragen können, ob er das ein dummer Scherz sein soll, doch instinktiv wusste die junge Frau, dass es purer Ernst war. Also nahm sie die Beine in die Hand. Sie musste die Polizei verständigen. Es lief ein gemeingefährlicher Killer durch die Gegend.

Sie rannte und rannte, immer schneller durch den Schnee und die fallenden Flocken. Die Kälte war nun kaum mehr auszuhalten, kroch unter Jacke und Handschuhe und ließ die Glieder steif werden. Das Rennen fiel Sybille zunehmend schwer. Und dann verlor sie endgültig den Halt, als sie über etwas zu ihren Füßen stolperte. Der Aufprall war nicht so weich, wie Sybille es erhofft hatte, denn der Schnee war schon ziemlich hart gefroren.

Ächzend richtete sich Sybille auf. Über was war sie gefallen? Mit zusammengekniffenen Augen suchte sie den Boden ab, erkannte zunächst nichts.

Doch dann sah sie es. Oder besser gesagt: ihn. „Charlie!" Entsetzt schlug Sybille die Hände vors Gesicht. Tränen stiegen ihr in die Augen, als sie sah, was der Fremde ihrem treuen vierbeinigen Freund angetan hat.

Charlie lag bereits unter einer stattlichen Schneedecke begraben, doch Sybilles Sturz hat ihn wieder ein wenig freigelegt. Ihr bot sich ein grausiger Anblick. Der Kopf des Golden Retrievers war um 180 Grad nach hinten verdreht, die Bauchhöhle war aufgeschlitzt und die Gedärme im Schnee verteilt. Tiefrotes Blut hatte den Schnee um die Leiche von Charlie rot verfärbt. Sybille konnte den Anblick nicht länger ertragen. Würgend erbrach sie sich in den Schnee.

„Er war ein schönes Tier." Zu Tode erschrocken warf sich Sybille herum. Der Fremde! Völlig unerwartet war er hinter ihr aufgetaucht. „Bleiben Sie weg von mir!", keuchte Sybille entsetzt und kroch auf allen vieren rückwärts von dem Fremden weg.

Dieser ließ sich von den Worten der Frau nicht beeindrucken, sondern ging gemessenen Schrittes auf Sybille zu, die immer weiter nach hinten kroch. „Hab keine Angst", säuselte der blonde Mann, „ich will dir nichts tun." Unter normalen Umständen hätte Sybille ihm sogar geglaubt, doch nach dem sie Charlie gesehen hatte, war sie sicher, dass sie das nächste Opfer sein sollte.

Erst jetzt bemerkte Sybille, dass die Augen des Fremden blau in der Nacht glühten. Was war er? Das Herz schlug ihr bis zum Hals, die Angst legte sich wie kalte Klaue über ihren Geist. Dann stieß sie mit dem Rücken gegen etwas Hartes. Das Rathaus stand hinter ihr und versperrte ihr den Fluchtweg.

„Endstation, meine Liebe." Der Fremde klang fröhlich und lächelte heiter. Er zog seinen rechten Handschuh aus, der verkrustet war von Charlies Blut. Zum Vorschein kam eine Hand mit Klauen, wie bei einem Tier. Vor der vor Angst starren Sybille ging der Fremde in die Knie. „Keine Angst, es wird schnell vorbei sein."
Sybilles Atem ging stoßweise. Die extreme Kälte ging von dem Mann aus, wie sie erst jetzt bemerkte. Sie konnte sich nicht mehr rühren, erste Zehen und Finger begannen zu gefrieren. Als er mit der Hand über ihre Wange strich, legte sich ein eisiger Film über ihre Haut. Sybille schrie ob der brennenden Berührung auf. Die Hand des Fremden wanderte über ihren Arm, den Bauch bis in den Schoß. Nicht nur die Haut, auch ihre Organe wurden von der kalten Berührung in Mitleidenschaft gezogen. Ihr Herz schlug langsamer, ihr wurde ganz schummrig.
Die Welt drehte sich um Sybille. Sie sah, wie der Fremde den Mund aufriss und ein Raubtiergebiss zum Vorschein kam. Den Biss spürte sie schon gar nicht mehr. Nur als ihr plötzlich wieder warm wurde, lichtete sich Sybilles Trance. Sie sah an sich herab. Ein roter Sturzbach lief ihr aus dem Hals hinab auf die Kleidung. Das war das letzte, was Sybille sehen sollte, bevor ihr gefrorenes Herz endgültig aufhörte zu schlagen...

## Schweineblut

"Es liegt nicht an dir, sondern an mir. Wirklich."

Rose blinzelte und versuchte krampfhaft, kein Geräusch von sich zu geben das an ein sterbendes Seehundbaby erinnerte. Was so ziemlich das Einzige war, das sie tun konnte, um noch das letzte bisschen Würde zu retten, das ihr noch geblieben war.

"Uhm ... okay?", gab sie gewohnt schlagfertig zurück und starrte den jungen Mann, der ihr gegenüber saß verwirrt und mehr als nur ein bisschen verletzt an. Ethan, denn sie hießen immer Ethan, Damon oder Blake und nie Carl, Jack oder Steve, schenkte ihr ein entschuldigendes Lächeln und sah auf die Serviette hinunter, auf die er vor noch zehn Minuten eine Werwolf-Karikatur gekritzelt hatte, die so witzig gewesen war, dass Rose vor lauter Lachen die Cola aus der Nase geschossen war. Was nicht nur höllisch gebrannt hatte, sondern vermutlich auch der Grund dafür war, das Ethan jetzt hinzufügte:

"Versteh mich bitte nicht falsch. Du bist großartig. Und so ein bisschen erinnerst du mich an meine kleine Schwester." Worte die jede Frau unbedingt hören wollte. "Aber du bist nicht so ganz, was ich suche." Eine sicherlich fantastische Nachricht für seine kleine Schwester, aber bestimmt nicht für die hungrige Vampirin, die ihm gegenüber saß und sich einmal mehr fragte, was sie eigentlich falsch machte.

Wirklich, für ihre Verhältnisse war der Abend bis jetzt ungewöhnlich viel versprechend gelaufen. Sie hatte geflirtet so gut sie eben konnte, was nicht wirklich viel zu bedeuten hatte, aber immerhin. Hatte ihre Reißzähne blitzen lassen und die Dr. Who Referenzen auf ein Minimum beschränkt. Ethan hatte eindeutig interessiert gewirkt und jetzt das? Das war ... nicht fair! Auch wenn Rose sich schon lange keinen Illusionen mehr hingab, was ihre Anziehungskraft auf Menschen betraf. Egal was diverse Medien behaupten mochten, ein wandelnder Popkultur-Fetisch zu sein, reichte eben nicht, um zu punkten.

Außer natürlich man war Masha Illianova, ein post-Kalter-Krieg-Import mit Beinen bis zum Hals, einem Dekolleté das Aneurismen verursachen konnte und einer Ausstrahlung, die jedem Alpha-Wolf vor Neid das Wasser in die Augen getrieben hätte. Und nicht nur denen, wie Rose zugeben musste, als sie sah, das Ethans Blick immer wieder zu Masha hinüber wanderte, die seit ein paar Minuten an der Bar stand. Umringt von einer kleinen aufgeregten Traube Verehrer beiderlei Geschlechts.

Rose verkniff sich ein geplagtes Seufzen das eh nichts gebracht hätte. Nun, Masha jedenfalls schien Ethan definitiv nicht an seine kleine Schwester zu erinnern. Was höchstwahrscheinlich daran lag, dass sie niemanden an seine kleine Schwester erinnerte. Vermutlich nicht einmal ihren großen Bruder. Falls sie überhaupt einen hatte.

Zu gerne hätte Rose etwas gehässiges oder unschmeichelhaftes über die andere Frau gesagt, etwas, das Ethan hier bei ihr hielt. Ein unschöner Impuls aber rein aus Verzweiflung geboren. Das Problem aber war, dass Masha eigentlich ganz in Ordnung war für eine russische Vampir-Sexgöttin und so ein Arschloch war Rose nun auch wieder nicht. Selbst wenn es ihr das Leben sicherlich einfacher gemacht hätte.

"Oh ... ja, alles klar", sagte sie also schließlich lahm und zwang sich ein falsches Lächeln in Ethans Richtung ab, bevor sie verlegen an ihrer Cola nippte. "Ich ... uhm, ich verstehe das ... total. Manchmal passt es eben nicht, huh?"

Ethan nickte zu jedem ihrer Worte und strahlte.

"Ich wusste doch, dass du das verstehen würdest", erwiderte er, griff seinen halbleeren Drink und erhob sich. "Der Abend war trotzdem super. Vielleicht machen wir das mal wieder?"

Oh Gott und weil der Biss vor vier Jahren offensichtlich nicht nur ihren Körper in der Zeit eingefroren hatte, sondern auch noch ihre Unfähigkeit nein sagen zu können, wenn es um halbwegs attraktive Leute ging, die tatsächlich bemerkten, dass sie existierte, nickte Rose nur wie ein Idiot und meinte:

"Ja, sicher. Klar. Jederzeit. Ich würde mich freuen." Anstatt Ethan, der nicht mal mehr auf eine Antwort zu warten schien, mal ganz genau zu erklären, wohin er sich sein nächstes Mal schieben konnte. Nicht, dass er es noch gehört hätte, hatte er sich doch schon mit einem letzten Abschiedsgrinsen auf in Richtung Bar gemacht. Dorthin, wo Masha, sichtlich gelangweilt von so viel geballter Bewunderung um sie herum, Hof hielt.

Rose wartete, bis er aus ihrer direkten Sicht- und Hörreichweite war, bevor sie ihre Stirn, einen hässlichen Klatschlaut verursachend, mit der Tischplatte kollidieren ließ. Endlich konnte sie dem selbstmitleidigen Wimmern, das ihr die Kehle verstopfte, freie Bahn lassen. Nicht fair, nicht fair, nicht fair! Einen Moment lang dachte sie daran, einfach so hier sitzen zu bleiben, bis der Club schloss und sich mit dem anderen übrig gebliebenen Müll nach draußen tragen zu lassen. Nach einem Weilchen aber bemerkte sie, dass die Tischplatte unangenehm klebrig war. Um nicht darüber nachdenken zu müssen, was das wohl verursacht haben mochte, hob Rose den Kopf schließlich wieder und stellte sich der traurigen Realität.

Sie ließ den Blick durch den Raum schweifen, in der latenten Hoffnung vielleicht noch jemanden zu erspähen, der sich noch nicht auf einen der anderen Vampire eingeschossen hatte. Einmal mehr kam ihr dabei in den Sinn, wie sehr die Vampirclubs der Großstadt sie enttäuscht hatten. Das Hugo's hier stellte dabei keine Ausnahme dar. Im Grunde war es nicht viel anders als das Silversurfer, der Loch-in-der-Wand-Club, der für alle Kids zu Hause in Atalanta Falls so ziemlich die einzige Möglichkeit darstellte, so zu tun als hätte der Ort ein Nachtleben.

Es gab eine in gedämpftes Licht getauchte Bar, ein paar Sitznischen und eine spärlich bevölkerte Alibi-Tanzfläche, auf der sich ein paar Wagemutige mehr oder weniger gekonnt zur Hitliste von 1986 verrenkten. Wenn Rose damals, vor vier Jahren, an die Vampirclubs der Großstädte gedacht hatte, hatte sie halbnackte, schweißfeuchte Körper vor Augen gehabt, sie sich, gebadet im Stroboskop-Licht zum Klang der hämmernden Dubstep-Musik aneinander rieben. Sie hatte an Lust, Leidenschaft und erotischen Blutrausch gedacht und ihre wäre nicht im Traum eingefallen, dass sich ein Aufenthalt in einem echten Vampirclub vom Spannungsgrad her mehr mit einem Bingoabend im Altenheim vergleichen ließ. Bei genauerer Betrachtung tat sie damit vermutlich sogar dem Bingoabend Unrecht.

Im Nachhinein fand Rose, dass sich das Silversurfer daheim, gegenüber dem Hugo und seinen vier praktisch eineiigen Geschwistern, die sich über die gesamte Stadt verteilten, wie das reinste Sündenbabel ausnahm. Und das so ganz ohne Vampire, dafür aber mit einer Menge notgeiler Teenager.

Nicht, dass Rose im Silversurfer jemals mehr Erfolg gehabt hätte, aber damals war wenigstens immer Ollie an ihrer Seite gewesen und das Leben generell besser. Sie hatten Sprüche geklopft und über die letzte Stargate-Folge philosophiert, wie die minderjährigen Vollidioten, die sie nun einmal gewesen waren. Uh und ja, das Letzte was Rose jetzt gebrauchen konnte, war über das Loch in ihrem Leben nachzudenken, das einmal ihre beste Freundin gewesen war. Besten Dank. Mit aller Gewalt riss sie ihre Gedanken von diesem deprimierenden Thema los und konzentrierte sich wieder auf das Treiben im Club.

Viel gab es da allerdings nicht zu sehen. Der Abend war schon fortgeschritten und die Gruppen von Leuten die gebissen werden wollten und denen die beißen wollten, hatten sich mehr oder weniger gefunden. Und trotz der Tatsache, dass die Mensch-Vampir-Rate zwei zu eins betrug, wie von Calvin Hurst, dem lokalen Schöpfer, angewiesen, sah es nicht wirklich so aus, als ob Rose heute noch viel Erfolg haben würde.

Sie hatte also die Wahl. Entweder sie ging nach Hause, warf einen Beutel Schweineblut in die Mikrowelle und verzog sich mit ihrem Laptop zum Wundenlecken auf die Couch oder wartete, ob einer von Mashas Resten enttäuscht genug war, um mit ihr Vorlieb zu nehmen. Was ihrem Selbstbewusstsein ganz sicher nicht zuträglich sein würde, sie aber über die nächsten drei bis vier Tage brachte. Und vielleicht ... nein, Ethan war definitiv keine Option mehr. Wie es schien, war es ihm tatsächlich gelungen, Mashas Aufmerksamkeit auf sich zu ziehen. In gerade diesem Moment schenkte sie ihm ein spitzzahniges: du amüsierst mich, lächerlicher Sterblicher – Lächeln, das in der Regel bedeutete, dass sie ihren Favoriten für den Abend gefunden hatte.

Enttäuschter als sie zugeben wollte, knüllte Rose die Serviette mit der Zeichnung zusammen und stopfte sie achtlos in ihre Hosentasche. So viel also zu diesem Thema. Dass ihr Abend der Schande aber noch eine weitere wenig erfreuliche Überraschung parat hielt, wurde ihr klar, als sie sah, wie eine einsame Figur mit Tanzschritten, die mehr an Zuckungen erinnerten und in noch keinem Leben cool gewesen waren, auf ihren Tisch zugeglitten kam und sich unaufgefordert neben sie fallen ließ.

"Halloooo Prinzessin!"

Rose bedachte den hageren jungen Menschen neben sich mit einem bewusst fragenden Blick und erntete ein anzügliches Augenbrauenwackeln.

"Hallo, Paul", begrüßte sie seufzend die einzige Person im Club, die im Abschleppspiel noch weniger Erfolg hatte als sie, sich im Gegensatz zu ihr aber nicht zu schade war, zu nehmen war übrig geblieben war. Paul zwinkerte vielsagend und brachte Rose dazu, sich ernstlich zu fragen, ob Schweineblut wirklich immer die schlechtere Alternative war.

### _Die Macht des Mondes_

Sie schiebt das Glas vor sich hin und her und zerkratzt
dabei das Holz der Bar. Ihr Whiskey ist mit drei Tropfen
Blut versetzt, gerade so, dass er nicht rot wird. Sie
beobachtet die Leute durch ihre Sonnenbrille. Sie mag es,
wenn sie die anderen Personen sehen kann, diese sie aber
nicht. Sie nippt an ihrem Glas und durch das Blut stoßen
ihre Zähne in ihre Unterlippe. Sie hasst es, was sie ist. Sie
wollte das nie für sich, aber sie hatte auch nie eine Wahl,
und das wusste sie. Man hat ihr die Wahl abgenommen, sie
stand schon immer fest, lange vor ihrer Geburt schon.
Langsam dreht sie den Kopf zur Tür. Die Nacht ist hell in
New York, man sieht keinen einzigen Stern. Sie hasst es
hier, und sie versteht nicht, was ihre Familie hier hält.
Ein Mann betritt das Lokal. Er lässt seinen Blick schweifen,
und bleibt an dem freien Barhocker neben ihrem hängen.
„Bitte nicht", schießt es ihr durch den Kopf. Der Mann
trägt einen langen, grauen Pullover, der ihm gerade ein
wenig hochrutscht, und da sieht sie es. An seinem rechten
Arm sieht sie es, ein Jägermal.
Jäger, sie hasst Jäger. Ihr Blut ist zu süß, um zu
widerstehen, und damit haben sie sie schon mehrmals fast
in eine Falle gelockt. Jäger sind nicht so stark wie Vampire,
aber sie können tödlich sein, mit den richtigen Waffen.
Sie untersucht ihn fieberhaft auf Waffen. Auf den ersten
Blick sind natürlich keine zu sehen, aber sie wurde darauf
trainiert, einen guten zweiten Blick zu haben. Sie sieht an
seiner Hose einen Gürtel mit Nieten aus Holz. Kleine
Holzpatronen die man in eine passende Pistole einsetzen
kann.
Er trägt Stiefel, obwohl erst Anfang Herbst ist. Ein
Zeichen dafür, dass er dort einen Pfahl versteckt hält.

Ihr wird übel bei dem Gedanken, dass der Mann sich zu ihr setzen könnte, doch leider kam er genau auf sie zu.

Jäger können Blut riechen, das weiß sie. Schnell kippt sie ihr Glas hinunter.

„Darf ich?", fragt er.

„Natürlich, gerne", sagt sie etwas zu freundlich.

„Wie heißen Sie?", fragt der Fremde woraufhin sie mit „Helena" antwortet. Sie hat sich diesen Namen schon vor längerem überlegt, um ihren echten Namen, Juliet, zu verschleiern. Wie eine Schutzfolie, um sich vor Fremden zu schützen.

„Wollen Sie denn gar nicht wissen, wie ich heiße?", fragt der Mann. Nein, Juliet will das eigentlich gar nicht wissen. Er wollte dass er verschwand, doch das könnte sie ihm so nicht sagen. Er würde sofort Verdacht schöpfen.

„Doch, natürlich wüsste ich sehr gerne ihren Namen", sagt sie um ein Lächeln bemüht.

„Meloric", sagt der Fremde schmunzelnd. Hm, Meloric. So heißt also der Jäger.

Sie weiß, wie lächerlich sie mit der Sonnenbrille aussehen muss, doch sie hat Angst, dass ihre Instinkte die Überhand gewinnen und sich ihre Augen rot färben.

Langsam dreht sie den Kopf zu dem Tisch links von ihr. Dort sitzen Trevor und Slater, welche ebenfalls Gesellschaft von zwei Männern bekommen haben. Sie dreht sich wieder zu Meloric um, doch der ist nirgends zu sehen. Als sie sich überrascht nach ihm umsieht, spürt sie plötzlich, wie ihr jemand die Sonnenbrille vom Kopf reißt. Meloric steht vor ihr mit einem hämischen Grinsen, in seiner linken Hand ein Messer. Er schneidet sich an seinem Handgelenk in die Pulsader, und sie weiß, was er vorhat. Trevor und Slater schütteln nur stumm und warnend die Köpfe, als Meloric auf sie zukommt.

„Na los Helena, nimm einen Schluck", sagt er, und ihr ist bewusst, dass er sie hier nur outen will. Er will, dass sich ihre Iris rot färbt und ihre Zähne hervorstechen, damit er den Beweis hat. Den Beweis dafür, dass sie ein Vampir ist, damit er sie pfählen kann.

Sie tritt einen Schritt zurück, doch der Geruch hat sie schon erreicht. Sie reißt ihren Mund auf und ihre Zähne stoßen hervor, als sie mit einem animalischen Fauchen auf den Jäger zu rast. Schneller als er es sehen kann stößt sie ihm die Zähne in den Hals und packt seinen Nacken. Er hat keine Chance, sich aus ihrer Umklammerung zu lösen.

Aus den Augenwinkeln bemerkt Juliet, wie die Männer von dem Tisch aufstehen und einer von ihnen einen Pfahl zückt. Sie kann sich nicht losreißen, obwohl sie weiß, dass es ihren Tod bedeuten wird. Getrieben von Blutlust verharrt sie wo sie ist, selbst als der Mann seinen Arm hebt und...

Jemand wirft sich dazwischen. Slater reißt dem Vampir den Pfahl aus der Hand, oder reißt wohl eher seine Hand ab. Der Jäger schreit auf und sinkt vor Schmerz zu Boden. Sie gibt Meloric frei, während Trevor mit dem anderen Jäger kämpft. Ohne Frage ist Trevor stärker, aber der andere hat einen Pfahl. Den darf man niemals unterschätzen. Meloric hat viel Blut verloren und sinkt daher auch zu Boden, er ist also auch keine Gefahr mehr, aber um sie herum sind noch mehr Jäger, überall im Raum verstreut. Sie erheben sich langsam und nehmen Pistolen und andere Waffen in die Hand.

Juliet keucht und sieht sich hektisch im Saal um. Da erblickt sie durch die Glasscheiben vertraute Gesichter: Rose, Ariana und Kole. Juliet rennt aus dem Saal und sie hört, wie auch Trevor ihr folgen will. Draußen an der Luft schreit Ariana sie an: „Wo sind Slater und Trevor?"

„Jäger", keucht Juliet, „überall."

Sie schaut durch die Glasscheibe in das Innere der Bar. Slater sieht ganz in Ordnung aus, doch Trevor hat mehrere Wunden davongetragen. Noch immer kämpft er einen blutigen Kampf um sein Leben.

Auch die anderen drei folgen ihrem Blick durch die Scheibe. Slater kommt aus dem Lokal zu ihnen gerannt.

„Wo ist Trevor?", brüllt Rose ihn an.

Slater schüttelt den Kopf und meint: „Er ist verloren, Rose, es tut mir leid."

„Verloren?", schreit Rose. Doch tatsächlich, Trevor ist von Jägern umringt, verletzt und es war ihm unmöglich, irgendwohin zu rennen.

„Trevor, nein!", schreit Rose und rennt in die Bar. Juliet folgt ihr, und beide werde Zeuginnen, wie Meloric, der Jäger, Trevor einen Pfahl durch sein Herz stößt.

„Nein!", schreit Rose auf. Kole kommt auf sie zu, umfasst von hinten ihren Körper und trägt Rose weg, die krampfhaft zu weinen beginnt. Die Jäger versuchen, ihnen zu folgen, doch wir sind zu schnell. Immer wieder schreit sie seinen Namen in die Nacht hinein, und es beginnt zu regnen, als würde der Himmel mit ihr weinen, und das Leid ihrer Schwester bricht Juliet das Herz. Denn sie weiß, es ist ihre Schuld.

Schwache Sonnenstrahlen gleiten durch die leicht geöffneten Vorhänge in das abgedunkelte Zimmer. Als ich meine Hände in die Sonne halte, kribbelt erst die Wärme auf meiner Haut, bis sie anfängt, mich zu verbrennen. Bevor meine Hand vollends in Flammen aufgeht, ziehe ich sie zurück. Eine Träne läuft mir über die Wange, und ich weiß nicht, ob es an den Schmerzen oder an der Erinnerung an das Sonnenlicht auf meiner Haut, ohne dass es mich verbrennt, liegt.

Vampire werden von Sonnenlicht verbrannt, wenn sie

Menschenblut in ihrem Blutkreislauf haben. Die meisten Vampire haben die Blutlust nicht gut genug unter Kontrolle, um sich von Menschenblut fernzuhalten. Ich auch nicht, aber früher...

Trevor und ich, wir wollten es damals zusammen schaffen. Wir haben uns von Rehen und anderen Waldtieren ernährt. Es hat zweihundertfünfzig Jahre gedauert, aber wir haben es geschafft. Ich war noch nie ein Freund der Dunkelheit, es war hauptsächlich mein Anliegen, wieder in die Sonne zu können. Jetzt, mittlerweile, habe ich mich verändert. Ich könnte das Menschenblut nie meiden, ich würde es immer dem Licht vorziehen.

„Hey, Rosy", sagt Juliet und betritt mein Zimmer, in ihrer linken Hand einen Blutbeutel, „ich habe einen Snack dabei."
Sie lächelt versöhnlich, obwohl wir keinen Streit haben. Wir haben keinen Streit, nur ich hasse sie. Und sie weiß es, auch wenn wir uns das nie eingestehen.

„Gib her", fauche ich und grabe meine Zähne in den Blutbeutel. Gierig sauge ich ihn leer, das Blut rinnt mir dabei aus den Mundwinkeln den Hals hinab.
Als ich nur noch Plastik in der Hand halte, werfe ich es auf den Boden. Juliet hebt es auf und lächelt noch einmal.

„Ich gehe dann mal", sagt sie und wendet sich in Richtung Tür. Gerade als sie die Türklinke runterdrücken will, kommt Ariana in mein Zimmer gestürmt.

„Hey Ar", sage ich und lächele matt.

„In zwei Stunden dämmert es, wollen wir zwei mal wieder was unternehmen?", fragt Ariana und grinst auffordernd.

„Ich bin dann mal weg", sagt Juliet und verschwindet.

„Na, was ist nun?", meint Ariana.

„Ich habe heute Abend schon etwas vor, tut mir leid", antworte ich und lege mich wieder auf mein Bett.

„Ach ja stimmt, heute ist Samstag", meint Ariana

sarkastisch, „Samstags musst du auf deinem Bett liegen und schmollen genau wie jeden anderen Tag der mit -tag endet. Mittwochs sitzt du dann auf der Couch."
Ich gebe ein Brummen von mir und werfe mich auf mein Bett. Ich kann ihr nicht sagen, dass ich nichts mit ihr unternehmen will, weil das allerhöchsten Softdrinks und bis zwei Uhr abends wachbleiben bedeutet. Ich schleiche mich viel öfter aus dem Haus und sauge frisches Blut, doch das werde ich ihr immer vorenthalten müssen.
„Nein, Ar, heute habe ich wirklich etwas vor."
Ich versuche all meine Überzeugung in diesen Satz zu bringen, aber Ariadne lässt mich nicht so leicht davonkommen.
„Und was wäre das bitte?", fragt sie und reißt mir die Decke weg.
Ich muss einen Racheplan fertigstellen. Ich bin schon so nah dran, denke ich, sage aber nichts.
„Ich hab zu tun", sage ich stattdessen.
„Nein, Rose, bitte, nur diese eine Nacht. Nur heute, lege deine Trauer nur heute ab", bettelt Ariana, „ich habe sogar schon das perfekte Outfit für dich."
„Heute Nacht", sage ich, „danach nie wieder."
„Super", quiekt Ar und verlässt den Raum, „ich bringe dir dein Kleid vorbei."
Nach fünf Minuten, in denen ich es schaffe, mich selbst mehrmals zu verfluchen, kommt Ariana mit einem blauen Kleid wieder.
„Das habe ich heute gesehen, und ich habe gedacht, dass es gut zu dir passen würde. Zieh mal an."
Ich ziehe mein Kleid an und ignoriere die Tatsache, dass ‚heute gesehen' bedeutet, dass sie in der Sonne war. Wie ein normaler Mensch shoppen gehen kann, Leute kennenlernen kann... Ich kann das nicht. Mit anderen zu

interagieren, ein soziales Verhältnis zu Menschen
aufzubauen... das erinnert mich so sehr an mein altes Leben.
Das Kleid sitzt wie angegossen. Ich stelle mich vor den
Spiegel und zupfe es noch ein bisschen zurecht. Das
dunkelblau betont das eisblau meiner Augen, außerdem ist
es enganliegend und betont meine Kurven.
„So", meint Ariana, „jetzt lass uns noch etwas mit deinen
Haaren anstellen."
Sie nimmt meine hellblonden Locken in die Hand und bindet
sie zu einem Dutt, nur vorne lässt sie eine Strähne
heraushängen.
„Perfekt", kommentiert sie und ich muss wirklich lächeln.
„So Rosy, jetzt mache ich mich fertig. Wir sehen uns
draußen wenn es dunkel ist, okay?"
Mit Lichtgeschwindigkeit verlässt sie mein Zimmer und
lässt mich hier alleine.
Ich werde heute Abend auf Menschenjagd gehen.

## *Die Bisse*

Im 11. Jahrhundert wurde Lirizia Trove von ihrem Geliebten zum Vampir gemacht. Sie lebte damals in einem skandinavischen Land, im heutigen Finnland. Mit Lirizia begann unser Stammbaum, zu Vampiren zu werden. Ich kenne Lirizia persönlich, und obwohl wir blutsverwandt sind, habe ich große Ehrfurcht vor ihr. Sie war die, die uns schon bevor wir überhaupt existierten, zu Vampiren gemacht hatte. Durch ihre Entscheidung, einen ganzen Stamm zu Vampiren zu machen. Als Lirizia zum Vampir gemacht wurde, hatte sie schon eine Tochter. Sie ließ diese als Mädchen groß werden und sogar selbst ein Kind bekommen, bevor sie sie unsterblich machte. Und bei diesem Kind wiederum. Lirizia erkannte bald die Macht darin, einen ganzen Clan Vampire zu erschaffen. Und so schuf sie ein Geschlecht von verwandten Vampiren, und Lirizia, die Frau, die fünfhundert Jahre älter ist als meine Schwester Juliet, sieht keinen Tag älter aus. Die Regeln in unserer Familie waren einfach: Älter werden, Kind bekommen, Vampir werden. So war der Ablauf. Genau ein Kind, damit wir nicht zu viele werden und nicht aussterben. Der Mann, von dem wir das Kind bekommen, war jedem egal. Er wurde meistens sogar getötet, um ihm vom plaudern abzuhalten. Im 13. Jahrhundert zog meine Familie nach Rumänien und machte dort eine ganze Stadt auf, denn schon zu dem Zeitpunkt, nach zweihundert Jahren, waren sie sehr viele gewesen. Sie verliehen Rumänien den Vampirruf und auch so manche Gute-Nacht-Geschichte wurde höchstpersönlich von ihnen in die Welt gesetzt. Wenn manche von uns ihre Gefährten gefunden hatten, machten sie sie auch zu Vampiren. Oder sie behielten sie als Menschen, um von ihrem Blut zu trinken. Unsere Stadt wuchs mit den Generationen, denn

obwohl es hieß, nur ein Kind pro Nase, könnte man nichts gegen Zwillinge oder Drillinge tun. Und somit zog es bald auch Menschen in die Stadt. Eine große Stadt, bestehend aus bildschönen Menschen, allesamt reich und jung. Die Menschen wurden von uns benutzt, als Blutspender, Kinderspender oder um niedere Tätigkeiten zu verrichten. Meine Vorfahren kontrollierten sie, keiner durfte die Stadt verlassen, und versuchte einer auch nur, etwas zu unternehmen, wurde er vor der Menge hingerichtet.
Das bliebt so, für ganze drei Jahrhunderte. Ich wurde in diese Welt geboren, zusammen mit meiner älteren Zwillingsschwester Juliet. Während wir in großen, schönen Häusern lebten, lebten die Menschen in größter Armut. So auch der Sohn der zwei, die gegen uns gearbeitet haben und den Lirizia nun auf einem Scheiterhaufen hat verbrennen lassen. So auch der Vater meines Kindes. So auch Trevor.

Meine Finger fahren über die Scheibe des Taxis an einem Tropfen entlang, der sanft hinuntergleitet. Ich beobachte, mit wem er verschmilzt, und als er schließlich am Ende der Scheibe ankommt, suche ich mir einen neuen. Ich blicke auf die verwischten Straßen von New York, wo alles nur noch ein großer, mit Licht betupfter, grauer-blauer Fleck ist. Ich tippe unruhig mit meinem Absatz auf den Boden des Wagens.
„Wohin fahren wir?", frage ich und schaue Ar an. Sie rollte mit den Augen.
„Lass dich doch einfach überraschen, Rosy", antwortet sie. Das Taxi hält an und Ar steigt aus. Auch ich verlasse den Wagen.
„Hey, wollt ihr nicht bezahlen?", ruft uns der Taxifahrer hinterher. Ar hebt die Hand und sagt: „Nein, wollen wir

nicht."

Sie wendet Bewusstseinskontrolle an. Mein Fall ist es nicht. Wenn ich in die Stadt will, renne ich in die Stadt. Wenn ich ein Kleid will, nehme ich es mir. Wenn ich Blut will, sauge ich den Menschen einfach leer, damit ich ihn das nicht mehr vergessen lassen muss. Bewusstseinskontrolle ist etwas für die Guten. Ich bin keine von dem Guten.

Aber ich bin jetzt hier. Ich bin nur ein paar Blöcke von der Bar entfernt, in der Trevor gestorben ist.

Mein Magen zieht sich zusammen. Ich muss jetzt stark sein.

Ar läuft voraus: „Komm schon, die anderen treffen wir nicht hier auf einer verregneten Straße."

Ich eile ihr im Menschentempo hinterher und frage mich, was sie alle davon haben, sich anzupassen und wie ein Mensch zu leben. Spätestens nach fünf Jahren müssen wir weiterziehen, und, wenn ich ehrlich bin, jeder weiß, dass wir anders sind. Wir sind schöner als die Menschen, blasser, und wir bewegen uns anders. Außerdem sind wir reich, weil wir hunderte von Jahren Zeit hatten zu sparen, aber niemals etwas bezahlen müssen.

Wir betreten eine dunkle Diskothek, in der sich bereits sehr viele Jugendliche tummeln.

Ich achte gar nicht auf die anderen, sondern nur auf die Gerüche. Der Schweiß sitzt bei vielen schon wie ein Film auf der Haut, dadurch kann ich noch viel intensiver wahrnehmen, wie ihr Körpergeruch ist.

„Rose!", schreit Ar mich an. Sie steht neben den anderen, die mir alle zulächeln. Ich lächele zurück und begebe mich pseudomäßig mal in Richtung Bar, damit alle denken, ich bestelle mir eine Cola oder so. Aber auf diese Art von Getränken bin ich heute Abend nicht aus.

Ich drehe mich um und sehe mich in der Disco um. Alle

riechen gut, aber einer sticht heraus. Er blickt mich schon anzüglich an, er ist anscheinend der Meinung, ich wäre heute Abend seine Beute. Er irrt sich.

Ich gehe mit angehobenem Kinn auf ihn zu und direkt an ihm vorbei. Ich streife seine Hand, drehe mich um und deute mit dem Kopf an, dass er mir folgen soll. Ohne zurückzuzucken weiß ich, dass er mir folgt. Ich höre seine Schritte und achte genau auf alles, was er tut, wie er sich bewegt, wie sein Herz schlägt, wie er atmet.

Ich trete aus der Tür und gehe in eine dunkle Nebengasse. Dort warte ich auf ihn.

„Na, machst du das immer so?", fragt er und lächelt mich an.

„Machst du das immer so?", frage ich mit einer rauchigen Stimme, „ich nämlich nicht. Normalerweise nehme ich mein Essen aus dem Blutbeutel."

„Blutbeutel? Was zum...", sein Gesicht ist verwirrt, doch dann entspannen sich seine Gesichtsmuskeln wieder, „du stehst also auf solche Vampir-Spielchen, ja? Mir soll es recht sein. Solange ich dabei auch meinen Spaß haben kann."

Seine Lippen sind jetzt direkt vor meinen. Er kommt immer näher, und im letzten Moment ziehe ich seinen Hals zu mir heran und grabe meine Zähne in seinen Hals. Das Gift lähmt ihn, er bewegt sich nicht, und ironischerweise hat er noch genau dieselbe, zärtliche Haltung, mit der er mich noch vor ein paar Sekunden küssen wollte. Sein Blut ist eines der besten, die ich je gekostet habe. Meine Geschmacksknospen kribbeln und ich fühle mich endlich wieder frei, als könnte ich alles tun, was ich wollte.

„Rose, hör auf!", schreit Ar mich an. Ich fahre zurück. Das Blut tropft von meinem Mundwinkel meinen Hals hinab.

„Was tust du da?", immer noch fassungslos blickt sie von

mir zu ihm.

„Mach dich locker, Ar." Ich schnappe mir den Körper, der noch immer gelähmt ist, und renne weg. Sie sieht es nicht kommen, und selbst wenn, wäre sie zu langsam. Ich habe gerade getrunken, sie ernährt sich von Tierblut. Das schwächt sie.

Drei Straßen weiter rührt er sich wieder.

„Was hast du vor?", fragt er schwach, „bringst du mich um?"

„Ich sauge dich aus, und ja, davon stirbst du. Mach dir aber nichts daraus, du bist ein Mensch, du wärest sowieso irgendwann gestorben."

Und in dem einen Moment, kurz bevor sein Blut auf meiner Zunge ist, denke ich darüber nach, wie wertvoll ein Menschenleben mal für mich war. Und wie Trevor und ich immer darum gekämpft haben, dieses zu schützen. Doch dann ist alles was ich schmecke sein Blut, und als das vorbei ist, halte ich die Augen offen für mein nächstes Opfer.

## *Vergiss mich nicht*

Der Schrei der durch die Luft hallte als ich los lief
schmerzte in den Ohren. Umdrehen konnte ich mich nicht,
wollte ich nicht und auch die Person mit der Maske, welche
neben mir lief schien nicht umdrehen zu wollen... Es war
hoffnungslos, wir hatten verloren und würden auch nicht
gewinnen. Besser wir verschwanden bevor man uns finden
würde – auch wenn ich „dieser Person" die wir zurückließen
nur zu gerne helfen würde...

„Gott verdammt noch einmal, beweg' dich.", grummelte eine
Person, welche mich mit den Füßen trat, als ich am Boden
lag. Kaum richtete ich meinen Blick auf, entdeckte ich das
Gesicht einer Person, die ich nicht kannte. Schwarzes,
oberarmlanges Haar, eine Narbe über dem linken Auge und
im Allgemeinen eher dunkele Kleidung. Ich kannte diese
Person nicht. Nicht dass ich mich erinnern würde, diese
Person zu kennen. „Endlich bist du wach, und ich dachte, du
Idiot bist tot... Warum zum Teufel liegst du eigentlich
nicht in deinem Bett, Roomie?", fragte die Person vor mir.
Roomie? So wie Zimmerpartner? Ich erinnerte mich doch
nicht daran jemals mit so einer Person kommuniziert zu
haben, wie konnte ich dann der Zimmerpartner dieser
Person sein? „I-Ich weiß nicht, warum ich nicht in meinem
Bett liege. Ganz ehrlich, i-ich...!", weiter kam ich nicht, er
schlug mir seine Hand auf den Mund. „Ach halt den Mund,
du erinnerst dich an nichts, nicht wahr? Na kein Wunder
wenn du diese verdammte Pille nimmst. Ich habe es dir
hunderte Male gesagt – iss nicht, was sie dir hier vorsetzen,
da sind Medikamente hinein geflößt worden. Du Idiot hast
es getrunken, oder gegessen, nicht wahr? Jetzt ist dein
Kopf so leer wie eine ausgehöhlte Kokosnuss. Verdammt aber

auch!", zischte der Schwarzhaarige. Ich verstand nicht,
was er damit meinte, ich konnte ihn nur verwirrt ansehen.
Doch bald packte er mich an meinem T-Shirt Kragen und
mir fielen meine braunen Haarsträhnen ins Gesicht.
„Hör' mir zu, klar?", zischte der Größere. Dennoch in einem
recht leisen Ton, als würde er nicht wollen, dass man uns
hörte. „Du wirst so tun, als hättest du dein Gedächtnis
noch, alles klar? Ansonsten bist du tot. Ja. T-O-T.",
knurrte er und ließ mich fallen. „Verstanden?" Hastig nickte
ich, doch ich wusste weder wie ich hieß, noch wer ich war
oder was das hier war. Ich wusste nicht einmal meinen
eigenen Namen, schon erbärmlich, nicht? Mit zittriger
Stimme fragte ich: „Und wer oder was bin ich? Oder wo
sind wir? Und wer oder was bist du?" Eine barsche Antwort
erhielt ich von ihm sofort. „Dein Name ist Jianyu, Subjekt
Nummer #117. Die Umstände unter denen du hierher
geraten bist, verschweigst du und ach ja. Das hier ist die
Forschungseinrichtung Nozomi, in RiVeRIA. Was RiVeRIA
ist müsstest du noch wissen und wenn nicht, halb so
schlimm. Mein Name ist außerdem Gou, Subjekt Nummer
#289 und ich bin dein „Roomie". Ich habe keinen blassen
Schimmer warum du diese Medikamente einfach geschluckt
hast, mach es einfach nicht noch einmal. Ansonsten ist dein
Kopf Brei.", drohte Gou mir an. Meine zweifärbigen Augen
weiteten sich. Heterochromia. Das eine war hellblau, das
Andere dunkelblau. Gou's Augen hingegen waren... „... gelb...
nein, gold.", murmelte ich. Gou sah mich komisch an. „Jianyu,
was meinst du damit?", fragte er verwundert. „Deine
Augen... gold.", antwortete ich ihm. Es klang kindisch, doch
irgendwie orientierte ich mich an Farben, wie es aussah.
„Na wenigstens ist dir etwas geblieben... Du warst schon
immer ein Vollidiot und hast dich Farben orientiert.",
lachte der Schwarzhaarige und ließ sich auf sein Bett

fallen. Ich selbst blieb am Boden sitzen. „Und was werden sie mit uns anstellen, wenn wir Subjekte sind?" „Bist du wirklich so dumm ohne Erinnerungen? Uns natürlich willenlos machen, sie wollen einen perfekten Menschen erschaffen und dazu eignen sich missratene Jugendliche mit „Schönheitsfehlern" besonders gut. Denn durch genug herum operieren wollen sie unsere Makel aus der Welt schaffen. RiVeRIA besteht nur aus einer riesigen Forschungseinrichtung. Das ist diese hier und noch dazu, das hier ist Zimmer 56. Insgesamt gibt es noch 386 Subjekte. Der Rest wurde auf der Strecke verloren.", murmelte der Schwarzhaarige. „Warum bist du eigentlich hier und warum bin ich hier?", fragte ich, ich wusste es nicht und wollte es aber wissen. „Anders als du bin ich nicht seit meiner Geburt hier, du wurdest weggeben als man deine zwei verschiedenfarbigen Augen entdeckte. Ich habe mir die Verletzung an meinem Auge vor 7 Jahren zugezogen und bin dann hierher gebracht worden. Du bist also der eigentliche Veteran von uns. Wir sind dementsprechend hier weil unsere Eltern uns hergegeben haben ohne nachzudenken.", antwortete Gou wieder, der nur die Decke anstarrte. Mein Blick glitt aber zu dem Fenster, welches an der Oberseite des Zimmers befestigt war. „Blau... strahlend blau.", murmelte ich leicht abwesend. „Vergiss es, du kommst da selbst durch die Sprossen nicht rauf und wenn doch, dann kriegst du das Fenster nicht auf. Du kannst hier nicht raus, nicht bis du volljährig bist oder deine Eltern das Projekt für die abbrechen. Du bist erst 16, oder 17 also musst du noch ein bis zwei Jahre warten bis du das erste Mal in deinem Leben frische Luft schnuppern darfst.", grummelte der Schwarzhaarige auf dem Bett und blätterte durch eine Zeitung, welche schon ein paar Tage alt zu sein schien. "Kannst du nicht lesen oder warum blätterst du nur durch die Zeitung?", fragte ich. Gou sah mich verwundert an, schüttelte dann aber den Kopf. „Ich schon, du meintest aber du könntest nicht weil du die Buchstaben nicht erkennen kannst." Verdutzt sah ich ihn an. „Weitsichtig also?" „Ja, scheint so zu sein, zumindest für dich.", entgegnete er mir. „Hab' ich denn keine Brille?" „Doch, aber keine Lesebrille." Lesebrille? Warum besaß ich so etwas Wichtiges denn nicht? Ach egal, ich hatte mich wohl bevor ich meine Erinnerungen verloren hatte auch nicht darum gekümmert. „Was isst du eigentlich wenn wir das Essen das wir vorgesetzt kriegen nicht essen dürfen?" „Das was wir vorgesetzt kriegen. Nur dass ich vorher andere Tabletten schlucke, die das neutralisieren." Gou war wirklich schlau... Eventuell hatte ich vergessen diese Tabletten vorher zu mir zu nehmen? Wahrscheinlich war es schon. Ohne weitere Antworten abzuwarten legte ich mich unter das Fenster, in die einzigen warmen Lichtstrahlen. „... Warm... Geborgenheit... hell... helles blaue ohne eine... Wolke...", murmelte ich. Wirklich, es war warm, im Gegensatz zum Rest des Raumes. „Vogel... Vogel in grauem Käfig... Gebunden an den Boden mit gebrochenen Flügeln..." Ich murmelte diese Worte immer wieder, bis ich mich wie eine Katze zusammenrollte. „Warm... Müde... Schlafen...", murmelte ich noch, bevor ich wieder einschlief. Das nächste Mal, wenn ich aufwachen würde, wäre das, wenn der Himmel nicht mehr so hell war...

## Nächtliche Stille

Der kühle Wind wehte sanft die Böschung herab und ließ
das feuchte Gras tanzen. Der Mond stand hoch am Himmel
und durch die sternenklare Nacht konnte man mit viel
Fantasie seltsame Schatten darauf entdecken. Es roch
noch immer nach Regen. Als würde die Welt begierig
darauf warten, von Neuem begossen zu werden.
Das Knirschen der Dielen, auf denen sie hin und her lief
durchbrach, die Stille der Nacht.
Immer wieder sah sie aus dem Fenster. Sie war nervös.
Schon viel zu lange wartete sie auf ihn, doch er kam
einfach nicht.
Ihr Name war Sibylla. Sie war in dieser Nacht aus dem
Haus geschlichen, um sich einem Mann anzuschließen, ihm
blind zu folgen. Für alle war er ein Fremder, doch für sie
war er die Welt. Ein Mann von dem ihre Eltern nichts
wissen durften, der ganz und gar nicht ihrem Stand
entsprach. Seine Kleidung war edel, sein Auftreten nobel.
Er konnte lesen, schreiben und sprach mit ihr so offen und
frei, dass er sie schlichtweg in seinen Bann zog.
Seit Wochen trafen sie sich heimlich in diesem alten, leer
stehenden Haus. Nichts geschah zwischen ihnen, er rührte
sie nicht an. Er redete nur. Erzählte ihr fantastische
Geschichten und machte ihr Versprechungen, die ihre
Wangen zum Glühen brachten und ihre Hoffnungen
schürten.
"Die Tatsache, dass er mich nicht entehrt, obwohl er oft
die Möglichkeit dazu hat, spricht doch für ihn"
Immerzu sagte Sibylla sich dies, wenn sie zu zweifeln
begann, wie in diesem Augenblick. Doch ihr täglicher
Hunger, die lieblosen Worte ihrer Mutter, die Angst vor
der Schlagkraft ihres Vaters und das Wissen über ihre

ungewisse Zukunft schoben sie regelrecht in seine Arme.
Müde lehnte sich Sibylla gegen die feuchte Wand des
Hauses und spürte den Wind, der sich durch das alte
Gemäuer schlich.

Auf dem schmutzigen Tisch vor ihr lag alles, was sie das
Ihre nennen konnte, ihr Hab und Gut zu einem Beutel
zusammen geschnürt. Es war nicht viel, ein Kamm aus Holz,
von ihrem Bruder geschnitzt, eine zweite Bluse und einen
weiteren Unterrock. Einen Haufen toter Dinge.

Schon das kleinste Geräusch brachte sie dazu sich
aufmerksam umzublicken, denn wenn man sie hier
entdeckte, dann würde man sie in den Turm stecken und
der Unzucht anklagen. Einem Bauernding, welches sich des
Nachts mit einem Mann traf, würde man niemals Glauben
schenken noch unangetastet zu sein.

Müde rieb sie sich ihr ausgekühltes Gesicht und atmete
einmal tief durch. Sollte er wirklich nicht kommen? Ihre
grünen Augen röteten sich und schnell hingen Tränen in
ihren langen dunklen Wimpern. Sie blickte zum Mond hinauf
und sein Licht spiegelte sich in ihnen. Ihr Herz wurde
schwer bei dem Gedanken, sich so in ihm getäuscht zu
haben. Nervös knetete Sibylla ihre Hände, bis sie rot
waren und schmerzten.

Auf einmal stockte ihr Atem. Ein Geräusch! Etwas näherte
sich langsam mit bedachten Schritten der Tür.

War er es? Würde es endlich so weit sein? Konnte sie nun
endlich diesen grauenvollen Ort verlassen?

Die Nacht in der sie ihm zum ersten Mal begegnet war, war
eine Vollmondnacht wie diese. Ein von Sternen
durchfluteter Himmel und klare kühle Luft. Sie war auf
dem Weg nach Hause von ihrer kranken Tante.

Nichts hatte ihn angekündigt. Keine Äste die brachen, kein

Atem, nicht einmal sein Geruch. Er erschien einfach aus dem Nichts. Plötzlich stand er vor ihr auf dem Weg und sie hatte fürchterlich Angst. Doch nur für einen unscheinbaren Augenblick. Lange standen sie sich im sicheren Abstand gegenüber und sahen sich schweigend an. Keiner rührte sich. Dann kam er langsam auf sie zu. In ihrem Kopf hörte sie die Vorsicht laut rufen, schreien, doch konnte sie sich ihm nicht entziehen. Dicht vor ihr blieb er stehen und sah Sibylla tief in die Augen. Seine schienen leer zu sein, dunkel und geheimnisvoll wie die Nacht. Doch sein Lächeln war warm und freundlich. Sybillas Gesicht hingegen rührte sich nicht.

„Guten Abend, wohin unterwegs so spät?"

Als sich seine tiefe Stimme in ihr Bewusstsein bohrte fing sie sich wieder. Ihr Kopf übernahm die Kontrolle über ihren Körper und sie sprach kühl zu ihm:" Nach Hause, man wartet bereits auf mich."

Schnell huschte sie an ihm vorbei, doch noch schneller stand er wieder vor ihr. Sie konnte die Lichter ihres Hauses in der Ferne schon sehen, fast die wütende Stimme ihres Vaters hören.

„Bitte, ich muss nach Hause. Ich will keinen Ärger bekommen."

Sie sah, wie sich seine seidenglatte weiße Haut in falten legte und auf einmal hatte sie das Gefühl, jemand wühlte in ihren Gedanken. Fast unmerklich griff sie sich an ihre Schläfe und hörte dumpf seine Stimme:" Seine Schläge sind hart, nicht wahr?"

Verwundert sah Sibylla ihn an und nickte, ohne zu wissen weshalb. Sein Blick glitt über seine Schulter hinüber zu den Lichtern und nach kurzem Zögern meinte er:" Ich kann dir helfen..., wenn du das möchtest?"

Ohne es steuern zu können nickte sie erneut. Was geschah

hier nur? Noch nie in ihrem Leben fühlte sie sich so willenlos. Sie stand einem Fremden gegenüber und war bereit, ihr Leben in seine Hände zu legen.

„Komm morgen zu der alten Hütte am Berghang, dann reden wir."

Und schon war er von der Dunkelheit verschlungen, genauso leise wie er ihr erschienen war. Ihr Herz schlug schnell, viel zu schnell, und sie fasste sich an die Brust und hoffte es somit beruhigen zu können.

Sie kam, und in der nächsten Nacht auch und in den darauf folgenden Nächten. Sie redeten und langsam baute sich ein Gefühl in ihrem Innern auf, das sie nur als Liebe identifizieren konnte. Oder war es einfach nur ihre Hilflosigkeit? Das bittere Verlangen beschützt zu werden!

Als könnte die Wand sie verschlingen, vor Gefahren beschützen, drückte Sybilla sich in den Schatten gegen das kalte und nasse Gestein. Sie vermochte es nicht, ihren Atem zu beruhigen. Er war laut, schnell und ungleichmäßig. Die Tür wurde vorsichtig geöffnet und ein fürchterliches Quietschen durchbrach diese unerträgliche Stille. Sibylla sah zuerst seine Stiefel und dann ihn. Endlich, er war gekommen!

Hastig trat sie aus dem kühlen Schatten und erstarrte. Seine Augen. Sie blickten irgendwie anders als sonst auf sie herab und waren von dunklen Ringen umgeben. Sein Gesicht war bleicher als je zuvor und sein Haar war nass vom vergangenen Regen. Er musste schon Stunden unterwegs gewesen sein, doch kam er erst jetzt zu ihr. Sibylla lehnte sich wieder in den Schatten und sagte keinen Ton. Er konnte den Dunst ihres schweren Atems im Mondlicht sehen. Zögerlich sah er auf ihren Beutel und dann in die Dunkelheit hinein, in die sie zurückgekehrt war.

„Weshalb bist du gekommen, wenn du dein Versprechen nicht hältst?"

Er sah sie nicht, er hörte nur ihre Stimme und erkannte tiefe Traurigkeit darin. Schwerfällig lehnte er sich gegen den brüchigen Rahmen der Tür, bevor er ihr leise antwortete:" Ich werde mein Versprechen halten. "

Sibylla trat zögernd aus ihrer schützenden Ecke. Spuren von Tränen schimmerten im Mondlicht auf ihren Wangen. "Doch du musst mich darum bitten!"

Sibylla verstand nicht und sah ihn fragen an, brachte aber keinen Ton heraus. Mit zwei großen Schritten stand er vor ihr und sagte noch einmal, etwas eindringlicher, noch ernster:" Du musst mich darum bitten! Du musst mich bitten, dich aus diesem Leben zu befreien. Dir ein neues zu schenken, nur so können wir zusammen sein."

„Was redest du denn da für einen Unsinn, Joshua? Ich habe zwei Möglichkeiten, entweder ich folge dir oder ich bleibe hier. Ich muss dich nicht bitten mich zu befreien." Verwirrt trat sie einen Schritt zurück. So seltsam war er noch nie gewesen, und dann dieser Ausdruck in seinem Gesicht. Er schien ihr fremd zu sein. Warum musste nun alles so kompliziert werden? Seine unzähligen Worte in den vielen Nächten, waren doch so einfach.

Er sah, wie sie vor ihm zurückwich und packte hastig ihre Hand. Zum ersten Mal berührte er sie und Sibylla zuckte unweigerlich zusammen.

„Vertraue mir..., bitte. Ich kann es dir nicht erklären. Diese Worte würden deine Vorstellungskraft überschreiten und du würdest dich aus Angst und Unverständnis von mir Abwenden. Du würdest glauben den Verstand zu verlieren. Doch kann ich dies nicht zulassen..."

Er zögerte kurz bevor er hinzufügte:" Denn ich brauche

dich!"

Sibylla erkannte in seinen Augen den Ernst der Lage und spürte am Druck seiner Hand wie wichtig ihm diese Worte von ihr waren. Noch nie zeigte er ihr so offen seine Zuneigung. Zögerlich sah sie zu Boden und meinte dann:" Also gut. Ich verstehe zwar nicht weshalb ich das sagen soll, doch werde ich es dir zu liebe tun. Ich bitte dich, hilf mir, rette mich aus diesem Leben."

Er schien nicht glücklich über ihre Worte zu sein, denn geschockt sah er zu Boden und nickte. Regungslos stand sie da und versuchte ihn zu verstehen. Sein sichtliches Entsetzen machte ihr Angst, hatte er doch gewollt, dass sie dies zum ihm sagte.

Auf einmal hob er seinen Kopf wieder an und Sibylla erschrak. Ein gepresster Schrei entrann ihrer Kehle, denn ihr blickten blutrote Augen entgegen. Sie wollte fortlaufen, zog verzweifelt an ihrer Hand, die noch immer in der seinen lag. Doch sein Griff war unnachgiebig. Die nackte Angst stand ihr ins Gesicht geschrieben und Panik schoss aus ihren Augen zu ihm herüber. Noch immer sah er sie traurig an und sagte leise, fast unhörbar:" Bitte vergib mir."

Kraftvoll zog er sie an seine Brust und schob ihr rotes Haar beiseite. Sibylla war starr vor Angst. Jetzt lang ihr Hals frei, ihre dünne Haut leuchtete ihn an und die Ader darunter pochte zur Aufforderung noch etwas heftiger. Er spürte unter seinem Griff wie sie zitterte, sie bebte regelrecht. Endlich konnte er an ihr riechen, sie ganz und gar in sich aufnehmen. Dann biss er zu. Nur ein Stöhnen war von Sibylla zu hören und dann war da wieder diese unerträgliche Stille der Nacht.

Ihr war, als würde ein Fluss durch ihren Körper rauschen.

Ihre Lider waren schwer, ihre Augen brannten. Doch sonst war da nichts. Ihr Herz, sie hörte ihr Herz nicht schlagen. Hastig griff sie sich an ihre Brust, nichts.

„Es wird sich nie wieder rühren."

Eine monotone ihr bekannte Stimme brachte sie wieder in die Wirklichkeit zurück. Hastig erhob sie sich vom harten Boden und sah sich in der Dunkelheit um. Sofort erkannte Sibylla Joshua auf dem Boden ihr gegenüber sitzend. Da kamen auch wieder die Erinnerungen zurück, sie erschlugen sie fast. Hastig griff sie sich an den Hals.

„Was hast du getan?"

Sibyllas Stimme brach, als sie ihm die Frage stellte, deren Antwort sie längst schon kannte, sie war tief in ihrer Erinnerung eingebrannt.

„Ich habe dich befreit, dich aus deinem alten Leben gerettet. Jetzt kann dir keiner mehr Schmerzen zufügen."

„Was hast du nur getan", wiederholte sie leise und plötzlich schrie er sie so laut an, dass sie sichtlich zusammenzuckte:" Ich habe dich befreit, ich habe das getan, worum du mich gebeten hast."

„Du hast mich getötet, zu einem Geschöpf der Hölle gemacht. Das wollte ich nicht."

Schrie sie zurück und diesmal erschrak er. Hastig suchte er ihre Augen. Schnell fand er sie und erkannte die Wut in ihnen aufkeimen, den beginnenden Hass. Ihm war bewusst gewesen, das dies geschehen konnte. Er wusste, wenn er einen Menschen biss, konnten all seine bisherigen Gefühle ins Gegenteil umschlagen, nachdem er sich verwandelt hatte. Er wusste, dass er sie damit verlieren konnte. Deshalb tat er sich so schwer, in dieser Nacht zu ihr zu kommen. Lange lief er umher und dachte nach, doch das Ergebnis war immer gleich, er konnte und wollte nicht ohne sie sein. Ob sie ihn hasste oder liebte, er wollte sie nur an seiner Seite wissen. Ihre Augen, ihre Haare, den Geruch ihrer Haut, die Weichheit ihrer Stimme, all dies sollte sich in seiner Nähe befinden.

„Das ist das einzige, was ich für dich tun konnte."

Meinte er verwirrt. Einen Moment war sie sprachlos. Er hatte sie zu dem gemacht, was er war, um ihr den Schmerz und die Verzweiflung zu nehmen. Dabei wollte sie nur fort, nicht sterben. Sie fühlte sich so leer, alleine und unbeschreiblich wütend.

Langsam erhob sie sich schwankend vom harten Boden. War denn kein Tropfen Blut mehr in ihrem Körper?

Schnell stand er neben ihr und wollte sie packen, doch sie entriss sich seiner helfenden Hand und erklärte ihm kühl:" Du wolltest mir den Schmerz nehmen? Doch wo ist das Gefühl zu lieben? Ich bin leer, Joshua... Herr Gott, ich bin eine tote Hülle und das schmerzt mehr als alle vorherigen Schläge."

Langsam schritt sie auf die Tür zu und bevor sie nach draußen in die Nacht trat, erklärte sie ihm:" Den Menschen müssen manchmal Schmerzen widerfahren, um nicht zu vergessen was Liebe bedeutet. Doch das hast du mir alles genommen... Vielleicht sollte ich dir dankbar sein..., vielleicht sollte ich dich auch einfach nur hassen. Ist es nicht das was ihr am Besten könnt?"

Sie trat aus der Tür, schnell lief er ihr nach.

„Wohin gehst du?"

Rief er verzweifelt in die dunkle Nacht. Ohne sich umzublicken, antwortete sie:" Essen, ich habe Hunger."

### *Durstig*

Tief versenkte ich mich in ihm. Ich konnte den
pulsierenden Fluss des Blutes um meine Zähne spülen
fühlen. Es rann über meine Lippen, über seinen Hals, und
doch wollte ich nichts verschwenden. Jeder Tropfen würde
mich länger am Leben halten. Wenige Augenblicke mehr der
Freiheit, in der ich der Grausamkeit meines Daseins
entrinnen konnte. Ich hasste es, ich liebte es. Und doch
wollte ich es nicht. Im Grunde spürte ich das. Doch wenn
der Durst immer stärker wurde, immer dringlicher, und
wenn der Druck mich zu zerquetschen drohte, dann wusste
ich, ich konnte nicht anders. In diesen wenigen Sekunden
tat ich es gerne, wollte es wieder tun und konnte es kaum
erwarten. Gierig. Und er? Vor wenigen Sekunden noch
überlegen grinsend, nun ein Häufchen Elend. Überraschung
wurde zu Verwirrung. Verwirrung wandelte sich in Schock.
Starr; er wehrte sich nicht. Nie hatten sie das. Immer
bekam ich das was ich wollte. Ich war mir nur nicht sicher
ob es das war was ich wollte. Unbefriedigt sank ich zurück.
Sein Körper entglitt meinen Händen. Achtlos ließ ich ihn
liegen. Es machte keinen Unterschied wo man ihn finden
würde. Nur langsam ließen meine Zähne meiner Zunge
wieder genug Spielraum, um mir über die Lippen zu lecken.
Köstlich. Widerlich. Etwas in mir begehrte auf. Lange war
es her, dass mir einer nicht gereicht hatte, doch kaum
hatte der Durst nun gestillt werden können. Bereits in den
frühen Morgenstunden, wenn sich die Straßen noch nicht
mit Leben gefüllt hatten, würde ich vergehen; würde ich
nicht mehr im Stande sein mein nächstes Mahl zu bezirzen.
Seufzend kehrte ich der Szene den Rücken und ging um die
Ecke wieder in mein Revier zurück. Kein Hinweis darauf,
was geschehen war. Entgegen meiner üblichen

Vorgehensweise ließ ich die Tür zu meiner linken außer Acht. Ich wollte kein weiteres Mal endlose Blicke austauschen, mich lasziv bewegen und ihm schüchtern folgen, wenn er einen kleinen Spaziergang vorschlug. Es war anstrengend, es war zuviel in Momenten wie diesem. Ich überquerte die Straße und bog in den kleinen Park ein. Man konnte hier immer mit einem einsamen Spaziergänger rechnen, welcher die Ruhe inmitten dieser großen Stadt genoss. Ich lauerte. Es widerstrebte mir.

Er schlenderte über die Wiese. Jung, attraktiv, schade drum. Schulter zuckend erwartete ich ihn am nächsten Baum. Überrascht musterte er mich, ich sah ihm an wie er angestrengt nachdachte, ob ich schon vorher hier gestanden hatte. Ein müdes Lächeln durchzuckte unbemerkt meine noch blutroten Lippen. Ein vorübergehendes Ende der Qualen war alles was ich anstrebte. Entschuldigungen erfand ich schon lange nicht mehr. Es war wie es war, auch wenn ich die meiste Zeit meine Entscheidung bereute. Sie schien mir das Richtige... damals. Ich sah es als Erlösung. Doch anstatt endlich aufzustehen, mich von den Knien zu erheben, wurde ich noch tiefer auf den Boden getreten. Staub auf meinen Lippen.

Mein Gegenüber schien genau wie er. Vertrauen erweckend. Würde er mir nun das gleiche erzählen wie es damals der Mann im Wald getan hatte, ich würde ihm wieder glauben. Ich würde ihm glauben, dass ich mich stark fühlen würde, würde ihm glauben, dass ich alles vergessen würde. Ein schüchternes Lächeln; er lächelte zurück. Bevor er überhaupt den Mund geöffnet hatte, wusste ich seine Frage, wusste, dass auch dieser Mann keine Antwort

erhalten würde. Wie so viele zuvor. Mein Finger lag auf seinen Lippen, bevor er sich einer Bewegung gewahr werden konnte. Langsam beugte ich mich zu ihm. Eine Bewegung, die mich erlösen würde; quälen würde. Ein Kreislauf ohne Ende. Er blieb ruhig, folgte mir nur mit seinen Augen. Es schien mir hypnotisierend. Statt auf den so delikat freigelegten Hals, trafen meine Lippen auf seine. Er schien kaum überrascht. Weniger als ich selbst. Abrupt zog ich mich zurück, sah meine Chance auf einige ruhige Tage schwinden. Er schien durch mich hindurchzublicken, oder in mich hinein? Ein weiterer Kuss... er hatte es tatsächlich gewagt; schien sich der Gefahr nicht bewusst. So weich. Ein wahrer Genuss. Eine wahre Schande. Doch in diesen Momenten kümmerte mich dies nicht. Ich fühlte, wie sie sich unter meinen Lippen wölbten. Sachte, jeden Zweifel verdrängend. Sein Hals. Seine Stimme hielt mich zurück. „Erinnere dich."
Er hatte verwirrt sein sollen... gleich. Nicht ich... jetzt. Das war der Plan. Wie immer. Doch nun war alles anders. Seine Augen, hypnotisierend. Sein Kuss, mir bekannt. Ich hatte vergessen. Ich erinnerte mich. Kaum ein paar Monate verstrichen. Ich merkte mir keine Gesichter. Zu viele. Er war anders. Vom ersten Augenblick an, bei unserer ersten Begegnung. Ich hatte vergessen. Und ich hatte nicht vergessen.
„Jeremy..."
Ich hatte ihn gehen lassen. War geflohen. Zu große Schmerzen rief er hervor. Seine Augen, seine Lippen. Noch nie hatte ich etwas nicht zu Ende gebracht. Bis vor ein paar Monaten. Er war anders. Und doch war es unmöglich. Nie war ich weiter gegangen als die Männer zu küssen. Und dies nur im Notfall, wenn der Durst zu groß, und ihr Alkoholpegel noch zu niedrig gewesen war. Doch Jeremy...

ich war geflohen. Danach. Als er mich gesehen hatte, wie ich wirklich war. Und ich hatte vergessen wollen. Es war unmöglich, und wir beide hatten es gewusst. Ich hatte es nicht tun können.

Nun war es sein Finger auf meinen Lippen. Er hatte sich verändert. Ein letzter Kuss. Ich spürte es. Entsetzen. Was hatte er getan? Lächelnd entblößte er seine Zähne; vor drei Monaten den meinen noch so unähnlich. Eine unüberwindbare Barriere; das was mich hatte fliehen lassen. Was hatte er getan? Leuchtend im Mondlicht, blitzten zwei lange Eckzähne zwischen den Blutroten Lippen hervor. Er hatte mich gesucht, und mein Durst war gestillt.

## Im Morgengrauen

Es war eine lange Ballnacht gewesen. Michelle hatte sich, wie immer, köstlich amüsiert.

Mit den sterblichen Männern am Hofe des Sonnenkönigs getanzt und sich an einem von ihnen gütlich getan. Sie liebte die Pariser Ballsaison.

Doch nun nahte der Morgen und sie schritt in ihrem roten, ausladenden Ballkleid auf den Kellerabgang zu.

Ihr Unterschlupf befand sich in einem unbenutzten Kellergewölbe unter einem bewohnten Haus. Es war sehr unsicher so nahe bei den Menschen zu leben, aber unter dem ganzen Gerümpel dort unten, fiel ihre Schlafkiste nicht weiter auf.

Vergnügt schritt sie die steinernen Stufen hinab, summte ein wenig vor sich hin und betrat den schmalen Gang, der zu ihrem Raum führte.

Als sie die knarrende Holztür öffnete und in die Dunkelheit trat, packten sie plötzlich unzählige Hände und zerrten sie zu Boden. Michelle wehrte sich sofort und konnte die Angreifer teilweise abschütteln. Doch schnell wurde sie erneut gepackt. Es waren fünf sterbliche Männer, die sie versuchten mit aller Kraft am Boden zu halten.

Normalerweise hätte Michelle sie lässig von sich geschleudert, aber sie war in den Morgenstunden schwächer als sonst und je näher der Sonnenaufgang kam, desto kraftloser wurde sie.

An jedes ihrer Glieder hängte sich ein Mann mit vollem Körpergewicht, um sie auf die Erde zu pressen und der Fünfte stieß ihr einen langen Pfahl durch den Oberkörper.

Das frisch verspeiste Blut spritzte ihm ins Gesicht und floss ungehindert aus der Wunde. Michelle fauchte, kratzte, aber ihre zunehmende Schwäche war nicht mehr aufzuhalten. Mit dem austretenden Blut, verlor sie immer mehr von ihren Kräften. Der Sterbliche rammte ihr den Pfahl noch tiefer hinein, bis er sie an den Boden nagelte. Dann drückte er ihr ein Kreuz auf die Stirn und sagte irgendwelche Gebete. Dieser Aberglaube bewirkte zwar nichts bei ihr, aber dafür der Blutverlust, umso mehr.

Bald fühlten sich Michelles Arme und Beine, wie Blei an und die Männer glaubten, ihre Beschwörungen taten ihre Wirkung.

Allmählich erkannte die Unsterbliche ihre ausweglose Situation und sie rief in Gedanken nach ihrem Gefährten. Sie hoffte, er könne sie hören. Immerhin war er um einiges älter als sie und konnte somit dem Tageslicht länger standhalten.

Immer wieder schickte sie ihren stummen Ruf hinaus, während einer der Männer ein Messer zog und begann ihr Kleid aufzuschneiden und ihr vom Körper zu reißen. Michelle wusste, was ihr bevorstand. Sie wollten sie von der Sonne verbrennen lassen. Ihr Ruf nach ihrem Gefährten wurde verzweifelter:<< Bitte komm, Liebster. Beeil dich! Sie wollen mich vernichten.>>

Sie konnte sich kaum noch bewegen. Das Morgengrauen lähmte sie.

Als sie nackt und schwach war, zogen sie den Pfahl aus ihr heraus und schleiften sie den Gang entlang, über die Steintreppe, ins Freie. Der raue Stein schürfte ihre Haut auf und ihr Kopf schlug einige Male an die Stufen, aber das verursachte ihr keine Schmerzen. Nur das schwache Morgenlicht brannte bereits leicht auf ihrer Haut. Nun war ihre Gegenwehr nur noch die einer schwachen, menschlichen Frau.

Draußen hing der Morgendunst über dem Gras und die Halme fühlten sich kühl und nass an ihrem Leib an. Die

Sterblichen trieben vier Holzpflöcke in die Erde an die sie gekettet wurde. Wehrlos, mit gestreckten Armen und Beinen lag sie da und inzwischen hatte sie die Hoffnung auf ihre Rettung aufgegeben.

Tränen stiegen ihr in ihre schmerzenden Augen und sie flehte zum ersten Mal um Gnade. Ansonsten würde sie das niemals tun, aber sie war panisch und verzweifelt. Die Sonne nahte und sie hatte furchtbare Angst vor diesen Qualen.

„ Bitte, lasst mich gehen. Ich gebe euch Geld, meinen Schmuck, alles."

Einer von ihnen schlug ihr daraufhin ins Gesicht:" Schweig, du Teufelskreatur! Wir lassen uns nicht vom Bösen verführen. Gleich wirst du vor deinen Meister treten."

Das Brennen an ihrem Körper verstärkte sich, jedoch war die Sonne noch hinter dem Horizont.

<< Mein Liebling, wo bist du nur? Warum hörst du mich nicht?>>

Michelle begann zu schluchzen. Sie wollte ihre Unsterblichkeit nicht opfern.

Sie ärgerte sich über ihre Sorglosigkeit den Menschen gegenüber. Sie dachte immer, sie sei erhaben gegen sie, aber diese Männer wussten über Wesen wie sie Bescheid und hatten ihren schwachen Moment ausgenutzt.

Genau wie ihre Glieder, wurden auch ihre Sinne am Morgen schwerfälliger. Normalerweise hätte sie den Puls hören müssen und den menschlichen Geruch wahrnehmen. Aber so hatte sie nichts bemerkt.

Die Hitze nahm zu und Michelle versuchte den Schmerz zu ignorieren. Sie biss die Zähne zusammen, um nicht zu stöhnen, aber als die ersten Sonnenstrahlen ihre Haut trafen, konnte sie nur noch schreien.

Die Vampirjäger hatten sich die Ohren verstopft, weil sie

um die Stimmgewalt der Vampire wussten und es ihnen so nicht das Trommelfell zerriss.

Ihre Schreie wurden schriller, sie sah das gleißende Licht, alles schmerzte fürchterlich und irgendwann setzte ihr Verstand aus. Sie bekam nicht mehr genau mit, was geschah und irgendwann wurde es dunkel um sie. Wie wenn sie ohnmächtig werden würde und die Qualen waren für immer vorbei.

### Die neue Existenz

Sie liebte ihre neue Existenz und all ihre Vorzüge. Doch wieder einmal dachte sie an damals, als sie zu dem wurde was sie jetzt seit 100 Jahren war. Ein Vampir.
Schon immer hatte sie sich gewünscht eines dieser Wesen der Nacht zu sein, und schon damals in ihrer sterblichen Existenz war sie sich absolut sicher gewesen, daß Vampire existierten.
Sie hatte sich damals ausgemalt wie es wohl sein würde von einem geliebten Vampir verwandelt zu werden.
So sinnlich und erotisch wie nichts auf der Welt hätte sein können.
Doch was sie erfahren hatte war das genaue Gegenteil davon gewesen.
Der Vampir der sie geschaffen hatte war ein widerliches Geschöpf gewesen.
Schmierig, ungalant und vollkommen primitiv.
Sie haßte ihn, er hatte ihre zarten Illusionen brutal zerstört und sie danach sogar noch ausgelacht als sie auf einer Wiese im Park lag und sich pausenlos übergeben hatte.
Abgrundtiefer Haß, ja daß war es was sie für ihn empfand.
Und nichts wollte sie mehr als ihn zerstören.
Die anderen die sie kannte, die melancholische Elisabetha, der verschlossene Darius, den etwas verwirrten Xerxes und vor allem Sestra, sie alle liebten ihre Schöpfer und trauerten um sie, da sie alle freiwillig den Tod gewählt hatten, nachdem sie Nachfolger geschaffen hatten.
Das war es was sie wollte, einen Schöpfer den sie lieben und verehren konnte und nicht ein so minderwertiges Geschöpf, geschaffen aus einer schlechten Laune heraus, Abschaum der Nacht.
Niemals war ein Vampir von einem anderen ermordet

54

worden und sicher verstieß dies auch gegen alles
Grundsätze der Vampirzunft und doch plante Lisette lange
schon ihren Schöpfer auszulöschen.
Wie sooft lief sie auf dem Hauptfriedhof ihrer Stadt
herum und wie immer kannten ihre Schritte nur ein Ziel:
den weißen Marmorengel im hintersten, alten Teil des
Friedhofs.
Diesen Engel hatte sie selbst ausgesucht. Seine Finger
tasteten über den kalten Stein auf dem nur ein Name stand,
kein Datum: Alain Perdu.
Sie sank auf die Knie und tat es dem Engel gleich
Zärtlich tasteten ihre Finger über die eingravierten
Buchstaben.
„Hallo mein Liebling, ich war so lange nicht bei Dir, es tut
mir leid. Und eigentlich gibt es keine Entschuldigung
dafür."
Wie als lauschte sie auf eine Antwort legte sie ihr Ohr an
den Grabstein.
„Wie immer bist du mir nicht böse, ich weiß, und trotzdem
werde ich diesem Ort nie mehr so lange fern bleiben. Wie
sehr ich dich vermisse, nie werde ich IHM verzeihen daß er
dich tötete. Noch immer könntest du bei mir sein. Aber das
wird er mir büßen!"
Zorn loderte in ihren blauen Augen.
„Wer wird dir was büßen?"
Wie aus dem Nichts heraus stand er hinter ihr.
Rufus. Sein Geruch drang ihr in die Nase. Ein Geruch von
Blut, Schweiß und billigem Alkohol.
Ihr wurde übel.
„Was willst du hier, Rufus!" rasch fuhr sie herum und
funkelte ihn an.
„Dasselbe wie du, einen guten alten Freund besuchen!"
„Sprich nicht von ihm, dazu hast du kein Recht!

Verschwinde!"

„Nein mein Schatz, lange genug habe ich Dich gewähren lassen, jetzt hole ich mir was mir zusteht, Dich!"

Grob packte er sie an der Schulter und zerrte sie zu sich herum.

Das wässrige blau seiner blutunterlaufenen Augen stieß sie mehr ab denn je.

Sie schleuderte seine Hand zurück.

„Nichts steht dir zu, am wenigsten ich!"

Er lachte, trocken und freudlos.

„Du bist ein Teil von mir, jetzt und für immer, was willst du dagegen tun?"

„Das...."

Mit aller Kraft die sie aufbringen konnte schlug sie ihm ins Gesicht und begann augenblicklich zu laufen.

Er war wahnsinnig und dumm, eine gefährliche Mischung, und sie wußte zu was er in der Lage war.

Unmenschlich schnell rannte sie an den Gräbern vorbei, bis sie plötzlich gegen etwas prallte und zurückgeschleudert wurde.

„Rufus...."

Wieder riß er sie grob am Arm nach oben, bemerkte dabei jedoch nicht daß sie einen spitzen Stein in ihrer Hand verbarg.

„Du bist genauso dumm wie er. Es war unter meiner Würde ihn zu töten. Er war erbärmlich!"

Seine Worte trafen sie mehr als jeder Schlag.

Sie wollte daß er still war, still für immer und als er mit seinen Beleidigungen fortfuhr rammte sie ihm den Stein mit voller Wucht in die Bauchdecke.

Ein wenig erstaunt blickte er sie an, als sein Blut über ihre Hände floß.

Dann lächelte er.

„Soviel Courage hätte ich dir nie zugetraut. Glaubst du wirklich das wäre genug um mich von dieser Erde zu fegen?"

Ihre Gedanken überschlugen sich. Er war ein wenig überrascht, aber die Wunde über ihren Händen begann sich bereits zu schließen.

„Weißt du was?" schrie er ihr ins Gesicht.

„Es hat höllischen Spaß gemacht, Deinen Alain zu töten und den letzten Minuten die er lebte schrie er noch immer Deinen Namen. Er dachte du hättest ihn betrogen, mit mir. Welch ein Spaß!"

„Nein... n e i n... NEIN!"

Blendend heller Schmerz explodierte in ihrem Kopf.

Ohne zu wissen was sie tat drängte sie ihn nach hinten, ihre Hände krampfhaft in sein Hemd gekrallt.

Als er begriff was mit ihm geschah, riß er die Augen auf und versuchte Gegenwehr zu leisten doch es war zu spät.

Die Trauer und Wut verliehen Lisette Kräfte die kein anderer Vampir hätte aufhalten können.

Es war ein berstendes Geräusch als sie ihn gegen eine Baum schleuderte und sich ein Ast von hinten durch seine Brust bohrte. Viele seiner Knochen waren gebrochen und er war nicht mehr in der Lage sich zu rühren.

Ein Röcheln drang aus seiner Kehle und dunkelrotes Blut rann aus einem seiner Mundwinkel.

Überall war Blut und der Geruch von Tod hing dick wie Nebel in der Luft.

Lisette, die einige Schritte von Rufus entfernt stand trat nun auf ihn zu, von Krämpfen geschüttelt hing er an dem dicken Stamm der Trauerweide.

„Schchcht.... es ist vorbei! Und weißt du was? Es hat SPAß gemacht."

Diesmal war sie es die lachte.

Oft hatte sie sich ausgemalt wie sie ihn tötete, doch nun, während sie ihre Hände mit seinem Blut tränkte und in ihrem Gesicht verschmierte wußte sie daß sie ihre Rache bekommen hatte. Überraschend, vollkommen und vollendet. Nach einer Stunde war kein Leben mehr in ihm und noch oft hatte er um sein Leben gebettelt, wie gerne hatte sie ihm ins Gesicht gelacht, war um ihn herumgetanzt wie ein kleiner Teufel um eine verlorene Seele in der Hölle.

Es war ihr egal, wie die Anderen darauf reagierten, sie hatte erreicht was sie wollte.

Der Mond war bereits am untergehen, als sie den leblosen Körper von der Trauerweide herunterriss und ans Grab ihres Geliebten schleifte.

Dort legte sie ihn auf das Grab und breitete seine Arme und Beine zur Seite hin aus.

Mit einigen Binsen, die sie an seinen Hand- und Fußgelenken festband, fesselte sie ihn an die Erde um ganz sicher zu gehen.

Dann suchte sie Zuflucht in einer kleinen Gruft von der aus sie den weißen Engel genau sehen konnte.

Als die Sonne ihre ersten tödlichen Strahlen auf die Erde schickte, begann der Körper ihres verhassten Schöpfers zu brennen. Blaue und grüne Strahlen züngelten in die klare Morgenluft hinauf. Ein Inferno, den Flammen der Hölle gleich und dieses unwirkliche Licht erhellte seine gesamte Umgebung meterweit. Lisette konnte die Hitze bis in ihr Versteck spüren.

Dann war alles vorbei. Nichts war geblieben, nicht einmal Asche.

Jetzt konnte sie schlafen, das erste mal ohne Träume von Rache und Haß.

Sie träumte von Alain, der sie bei der Hand nahm und mit ihr durch nächtliche Straßen spazierte, mit ihr scherzte,

ihr versicherte daß er sie liebte und ewig auf sie warten
würde.

Sie erwachte früh am nächsten Abend, mit einem Lächeln
auf den Lippen.

Ohne Anstrengung kroch sie aus ihrem Versteck und trat
an Alains Grab.

Über Nacht war an der Stelle, an der vor wenigen Stunden
noch Rufus gelegen hatte, ein riesiger Rosenstrauch
gewachsen.

Sanft brach sie eine Rose aus dem Strauch heraus und
legte sie dem Engel in die Rechte Hand.

„Bis bald, mein Liebling, bis bald...."

## *Die Zusammenkunft*

Es war bereits spät abends, als Selina ihr kleines
Appartement betrat. Fast schon mechanisch ging sie auf
ihr Fenster zu. Bevor sich es sich zum tausendsten Male
auf ihren Fenstersims gemütlich machte, zog sie ihr kleines
warmes Jäckchen über. Sie wusste, es kann eine laue,
jedoch kühle Nacht werden. Sie kannte all die kleinen
Frühlingstücke. Jedes laue Lüftchen, jedes noch so kleine
Geräusch, saß sie doch fast Abend für Abend auf ihren
Fenstersims. Allein.
Selina entfloh vor einigen Jahren ihren grausigen Alltag in
der Kleinstadt in der sie aufwuchs. Sie glaubte in die große
weite Welt zu müssen, denn nur dort kann sie all ihren
Kummer und Leid vergessen. Sie gab sich ihren neuen
Namen-Selina-und glaubte erlebtes nun endlich entrinnen
zu können. Fort von all ihren Gedanken, Ängsten und
Schmerzen.
Selina wuchs bei ihren Vater auf, ein Trinker. Nicht das es
nicht genug gewesen wäre, hatte sie zudem noch 2 weitere,
ältere Brüder. Und dank der Erziehung ihres Vaters, waren
auch die Brüder nicht sehr viel anders. Jedenfalls hatte sie
niemanden, auf den sie hätte zählen können. So musste sie
Tag für Tag die Demütigungen ihrer "Liebsten" ertragen.
Sie wurde geschlagen, körperlich, mit Worten und geistig.
Sie war ein nichts und dieses wurde ihr immer wieder nur
allzu klar gemacht.
Eines Abends kam Selina heim, ihr Vater wartete bereits
mal wieder angetrunken. Und obwohl sie für ihn etwas
erledigen musste, ging er auf sie los. Es war das erste Mal
in ihren noch so jungen Leben, als sie das Gefühl des
Hasses erlebte. Das erste Mal in denen Gedanken eine Rolle

spielte, wie sie sich für immer befreien könnte. in dieser einzigen kurzen Sekunde umgab sie mehr Angst als sie je hätte spüren können. Noch in derselben Nacht verschwand sie. Obwohl sie immer in ständiger Angst lebte war sie dennoch das erste Mal frei.

Doch tief in ihrer Seele war sie eine Gefangene ihrer selbst. Denn wenn auch sie sich immer und immer wieder selbst einzureden vermochte jemand anderes zu sein, war sie doch immer noch das selbe junge Mädchen-gefangene der Angst. Selina selbst spürte nicht mal die Tränen, wie sie langsam und fast zärtlich über ihren zarten Gesicht liefen. Selina hatte große braune Augen, sie wirkten fast wie ein kleines ängstliches Rehlein.

Ihre langen dunklen Locken umspielten frech ihr Gesicht, und doch sah man in ihren Augen nur die tiefe Verletzlichkeit. Die große Einsamkeit. Seit Selina in die Stadt gezogen war, war sie noch immer allein. Ohne Freunde, ohne jemanden der sie liebte oder den sie hätte lieben können. Selina kannte dieses Gefühl noch nicht mal, und dennoch sehnte sie sich so sehr danach, dass es sie fast zeriss. Selina sah in die Ferne und bemerkte deshalb auch nicht dem jungen Mann gegenüber. Wie er Nacht für Nacht zu ihr herüber schaute. Er war groß und muskulös, doch seine kleinen dunklen Augen verrieten eine tiefe Sehnsucht. Die raspelkurzen Haare standen ihn gut, besonders zur dunklen Kleidung. Der sinnliche Mund verriet, welch Zärtlichkeit in ihn steckte. Tom konnte Selinas Schmerz fühlen.

Er wollte bei ihr sein, sie in seinem Armen halten, sie beschützen, doch wie sollte er sie ansprechen? Das änderte sich jäh einige Abende später. Wie immer saß Selina auf ihrem Fenster. Es war das erste Mal, als spürte sie jemandes Anwesenheit. Doch als sie sich umschaute konnte sie niemanden erblicken. Nur spüren. Sie hatte plötzlich ein wohliges warmes, fast zärtliches Gefühl in sich und konnte sich zugleich nicht erklären warum.

Dann plötzlich klopfte es leise an der Tür. Das wohlige Gefühl entschwand der panischen Angst. Panisch rannte Selina zur Feuerleiter herüber. Das Klopfen wurde immer intensiver. Selina wusste, nun ist es vorbei. Er ist da und wird sie töten. Tom sah alles von der anderen Seite. Er spürte ihre Angst. Wollte ihr beistehen. Mit einem großen Sprung landete Tom bei Selina auf der Feuerleiter. Selina hatte keine Zeit darüber nachzudenken, wie er den Sprung schaffen konnte, oder vor ihm angst zu haben. Die Gefahr vor der Tür war größer. Mit einem knall flog die Tür auf. Er stand da. Selinas Vater stand nun vor ihr. Nicht nur angetrunken, sondern mit einer Waffe in der Hand. Noch bevor Tom reagieren konnte drückte ihr Vater ab. Er traf Selina mitten in die Brust. Ein Schuss auf Tom, doch nichts geschah. Tom lief zum Vater, 1, 2, 3 Kugeln durchbohrten ihn, doch nichts geschah. Tom nahm ihn im Schwitzkasten, er wollte ihn töten, doch sein Blick fiel auf Selina die reglos am Boden lag. Der Vater verschwand, Tom konnte sich darum später kümmern. Er ging zu Selina, nahm sie in den Arm. Er sah das Blut ihren Mundwinkel entlang rinnen. Selina öffnete die Augen. Sie wusste gleich ist alles vorbei, und doch sah sie in Toms dunkle und so zärtliche Augen. Ein Flüstern... Tom strich zärtlich über Selinas Wange, spürte wie die Tränen anfingen zu brennen. Er konnte nicht weinen, durfte es nicht... wie kann das sein. Er wusste er liebte sie. Wie er zu Lebzeiten nie jemanden mehr geliebt hatte. Sie versuchte ein Lächeln, sie flüsterte Tom zu, wenn ihr Leben auf Erden dazu bestimmt war nur eine Sekunde in seinen Augen sehen zu können, um all die Liebe spüren zu dürfen, dann dankte sie Gott dafür. GOTT, nein Gott war es sicher nicht der ihr noch helfen konnte.

Er wusste er durfte es nicht, doch bevor sie ihren letzten Lebenshauch ausatmete, musste er es tun. Nur so konnten sie ihr gemeinsames Glück doch noch finden. Selina spürte noch für eine winzige Sekunde den stechenden Schmerz von zwei kleinen spitzen Gegenständen in ihren Hals. Als sie wieder zu sich kam, saß Tom neben ihr und hielt ihre Hand. Selina lächelte, das erste mal in ihren Leben fühlte sie Glück.

Das Glück zu lieben, das Glück der Freiheit, das Glück geliebt zu werden. Selina wusste nun ist sie frei. Sie kann lieben, leben und und geliebt werden. Ohne darüber zu reden wusste sie, sie war nun in einer anderen Welt. Zwar auf Erden, aber es herrschte eine andere Dimension. Sie wusste, sie war ein Wesen der Nacht.

Doch Selina war nun auch das glücklichste Wesen der Nacht. Zärtlich verschmolzen Selina und Tom in einem innigen Kuss ineinander. Sie spürte die weichen zarten Lippen, so wie er die Ihren. Als zwei liebende Geschöpfe der Nacht entflohen sie in die Dunkelheit... auf den Weg in eine kleine Stadt...!

## *Die Schwärze*

Schlagartig öffnete sie die Augen. Sie hatte geträumt. Was nur? Sie erinnerte sich nicht. Es musste etwas Wildes gewesen sein! Ihr Herz schlug so komisch – überlaut - ihr schien als sei es im ganzen Raum zu hören. Nur langsam kam sie richtig zu sich. Es war dunkel im Zimmer, jemand muss die Jalousie ganz herunter gelassen haben, überlegte sie kurz.

Irgendwie lag sie unbequem und als sie sich zur Seite drehen wollte, in ihre gewohnte Schlafposition, stieß sie mir ihrer Hand an etwas Hartes. Es gab einen dumpfen Ton. Sie hielt erstarrt inne. Ihre Hand war auf die Decke gesunken und sie tastete den Stoff, seidig weich, für Sekunden, bevor- bevor er unter ihren Fingern zerfiel wie mürbes Papier! Ihr Herz raste und klang wie eine dumpfe Trommel. Sie wagte kaum sich zu rühren, wollte nicht denken müssen, nicht überlegen, nur aufwachen aus einem Albtraum! Aber sie wachte nicht aus einem Traum auf, starrte voll innerer Leere vor sich hin in die schwarze Dunkelheit. Es schien ihr wie eine Ewigkeit, bis sie sich wieder wagte mit den Fingern vorsichtig zu tasten …

und nun schrie sie gellend laut auf! Doch nur sie selbst konnte ihr Schreien hören. Sie wusste wo sie war, begriff jedoch nichts, außer ihrer Panik, in welcher sie nun um sich schlug, an die hölzernen Bretter, welche zerbröselten, genauso wie die Decke und die ganze Lagerstatt, auf die man sie gebettet hatte. Sie schrie und schrie und weinte, als sie bemerkte, wie es knirschte und dröhnte, wie kalte Erde auf sie zu rieseln begann.

Hastig, als könne sie etwas damit aufhalten, versuchte sie mit wischenden Handbewegungen die Erde von ihrem Körper zu entfernen. Dabei strampelte sie verzweifelt mit den Beinen, wollte der Enge ausweichen, die sie von allen Seiten umgab. Sie schrie und schrie!

Durch ihre Panik hatte sie der unstabilen, morschen Konstruktion jedoch den letzten Halt genommen und binnen weniger Sekunden lag meterweise schwere kalte Erde auf ihrem Körper, drang ihr in Mund, Nase, Ohren ein, lastete auf ihr und würde nun ihren Brustkorb zerdrücken, sie ersticken!

Mit übermenschlicher Kraft bäumte sie sich, im Angesicht des sicheren Todes, auf und entwickelte unheimliche Kräfte. Sie schob sich mit ihrem Körper in eine aufrechte Position, drückte mit den Armen und Händen über sich die zentnerschwere Last Stück für Stück zur Seite, kämpfte sich an die Oberfläche, mit Bewegungen die an eine Raupe glichen, bis sie schließlich auf Händen und Gesicht wieder einen Luftzug spürte. Verzweifelt hustete sie und spuckte Erde aus, half mit ihren Händen nach, atmete ein, wischte sich die Augen.

Das erste was sie sah war der der Vollmond am leicht bewölkten Nachthimmel. Sie kämpfte sich noch das letzte Stück aus der Erde, bis sie erschöpft an der Oberfläche liegen blieb und weinte.

Sie überlegte, was geschehen war. Wie war sie dort hingekommen? Wer hatte ihr das angetan? Warum? Wer war sie überhaupt? Sie konnte sich an nichts erinnern,

dumpfe Gefühle! Sie keuchte, saß schließlich von Erde
verschmiert, völlig nackt, für eine Weile auf dem Grab,
denn der Stoff ihrer Kleidung war ebenso bröselig gewesen,
wie alles andere, das sie im Augenblick ihres Erwachens
umgeben hatte. Dann blickte sie sich gehetzt um, sprang
auf, klopfte entsetzt die Erde von ihrem Körper, erhob
sich, rannte los, rannte und rannte., weinte und schrie. Nur
fort von diesem Ort.

Außerhalb der Friedhofsmauern irrte sie bald durch die
stillen Straßen und weinte immerfort, bis sie schließlich
eine mehrspurige Hauptstraße erreichte. Dort war um die
Uhrzeit nicht viel Verkehr, aber nachdem zwei Autos
vorbei gefahren waren, hielt ein drittes schließlich an.

Ein Mann und eine Frau stiegen aus und kamen auf sie zu.
Sie hatte Angst, wusste nichts mehr, alles kam ihr fremd
vor, sie machte Anstalten wegzurennen. Aber die Frau
hatte sie mit wenigen Schritten ein. Sie sprach tröstliche
Worte und hielt sie fest, drückte sie an sich, versuchte sie
zu beruhigen. Sie ließ sich erschöpft in die Arme der
fremden Frau sinken, legte den Kopf an ihre Schulter und
schluchzte. Die Frau tätschelte zärtlich ihr schmutziges
Haar und ihren nackten Rücken. In der Zwischenzeit kam
der Mann heran und legte seine Jacke um ihren nackten
schmutzigen Körper. Sie führten sie zum Auto, setzten sie
auf die Rückbank und riefen die Polizei an. Vermutend, dass
es sich um Misshandlung oder Vergewaltigung handeln
könnte.
Als die Polizei eintraf, saß sie schon im Krankenwagen, der
den Ort des Geschehens schneller erreicht hatte. Der
Notarzt sagte der Polizei, dass die Frau sich im
Schockzustand befände und auf keinem Fall

vernehmungsfähig sei. Sie hätte sich sogar so vehement
gegen eine Beruhigunkspritze gewehrt, dass die Kanüle
abgebrochen wäre.

So mussten die Polizisten sich vorerst mit der Aussage des
Paares zufrieden geben.
Im Krankenhaus durfte sie in Begleitung einer Schwester
duschen und als diese ihr das Duschtuch umlegte, war sie
erstaunt, welch makellose Haut die junge Frau doch hatte
und wie schön sie war, zart, wie neu geboren.
In ihrem Krankenbett wollte sie sich nicht dem Schlaf
hingeben. Sie fürchtete sich wieder zu erwachen, wieder
dort zu sein an jenem grauenvollem Ort und sie versuchte
verzweifelt sich zu erinnern, was zuvor geschehen war, wer
sie selbst war. So grübelte sie die ganze Nacht.

Wochen später...

saß sie auf dem Bett und starrte aus dem Fenster. Man
hatte sie in die Psychiatrie gebracht. Schizophrenie
lautete die Diagnose. Sie hätte optische Halluzinationen
gehabt, sich alles nur eingebildet, sie wäre krank. Auf dem
Friedhof hätten sie das zerstörte Grab gefunden, welches
sie in ihrer Panik, aus irgend einer für sie real empfundenen
Einbildung heraus, verwüstet hätte. Sie hatten ihr erklärt,
dass sich kein Mensch, nicht einmal Herkules persönlich,
aus einem Grab befreien könne. Langsam akzeptierte sie
ihre Krankheit.
Wer sie jedoch war, konnte nicht ermittelt werden, keine
Vermisstenanzeige, kein Erfolg bei Suchanfragen nach
Verwandten und Bekannten in den Medien.
Man hatte sie untersuchen wollen, jedoch sie wehrte sich
so heftig gegen jede Kanüle, jede Spritze, dass sie es

bleiben ließen. Nun bekam sie Psychopharmaka.
Sie aß auch wieder, zuvor hatte sie tagelang die Nahrung
verweigert, alles schmeckte nach Erde! Erst als die Ärzte
sie zur intravenösen Zwangsernährung nötigen wollten, gab
sie auf und aß wieder, jedoch an dem erdigen Geschmack
hatte sich bis heute nichts geändert. Die Psychologen
erklärten ihr, dass es an ihren Wahnvorstellungen auf dem
Friedhof liegen könnte. Im Grunde waren die Mediziner
hilflos. Aber sie lebte noch.
Schlafen hingegen konnte sie nicht, seit Wochen!

Sie hatte Angst und verheimlichte geschickt ihre
Schlaflosigkeit, keiner ahnte etwas davon.
Nachts starrte sie aus dem Fenster. Wie heute auch.
Plötzlich spürte sie ein unglaublich schmerzhaftes Ziehen
zwischen den Schulterblättern. Sie riss spontan den Kopf
nach hinten und griff sich mit den Händen auf die
Schultern, um dem Reißen entgegen zu wirken. Es war
anders als wenn man sich verspannt hat. Sie hielt es nicht
aus, beugte sich nach vorn, ging in die Hocke und schrie
tonlos, sie wollte nicht, dass die Nachtwache kommt, sie
würden ihr eine Spritze geben, davor hatte sie Panik. Mehr
Panik als vor dem Schmerz, der ihren Rücken aufzureißen
schien.

„Es tut nur beim ersten Mal so weh"
Sie drehte in ihrer peinvollen Krümmung mühsam den Kopf.
Wer redete da mit ihr?
Da stand ein Mann im Zimmer. Er kam ihr seltsam bekannt
vor. Nun beugte er sich zu ihr hinunter, streichelte er ihr
Haar, kniete sich hin und zog sie in seine Arme. Er hielt sie
fest, ganz fest an beiden Armen, es tat so gut! Sie bäumte
sich auf, dann spürte sie aus ihrem Rücken eine Bewegung,

etwas schob sich heraus. Der fremde Mann blickte sie an, steckte ihr seine Hand in den Mund und sie biss vor Schmerzen darauf. Der Schmerz wurde unerträglich, die Tränen schossen ihr in die Augen, ihr war als müsse sie gleich die Besinnung verlieren. Dann war Ruhe, schlagartig.

Der Fremde nahm seine Hand aus ihrem Mund, sie war blutig. Er wischte sie hinter seinem Rücken ab und dann sah sie plötzlich wieder normal aus, als wäre die Wunde nur Farbe gewesen, die man beliebig entfernen kann.
Sie starrte den Mann an. Er lächelte und dann breitete er seine Arme aus. Als er sie wieder herunter nahm sah sie: er hatte Flügel, rabenschwarze Flügel. Sie war verwirrt. Er hob sie vorsichtig auf die Beine und ging mit ihr vor den Spiegel am Wandschrank. Sie starrte fassungslos hinein. Aus ihrem Rücken waren Flügel gewachsen, rabenschwarze Flügel.
„Ich bin gekommen, um dir das Fliegen zu lernen!", sprach er und lächelte wieder. Und nun kam es über sie, wie ein Schwall an Erinnerungen. Vor Ewigkeiten...Sie hatte getanzt mit ihm, er hatte sie heim gebracht, wollte eine Umarmung, nein, keinen Kuss, nur Umarmung zum Abschied und plötzlich dieser stechende Schmerz am Hals, wie spitze Nadeln...dann war nur noch Schwärze...

## *Im Wahnsinn des Blutes*

Blut. Blut. Blut. Blut. Blut. Blut.

Wie im Wahn wiederholte sich das Wort in seinem Kopf, als würde jemand immer wieder auf den Repeat-Knopf drücken. Wütend auf sich selbst, presste er die Hände gegen die Ohren, als ob er so das lästige Wort davon abhalten könnte, sich in seinen Kopf zu schleichen. Doch alles, was er damit bewirkte war, dass nun die Geräusche um ihn herum vollkommen verstummten. Er hörte weder das klägliche Miauen der Katze, noch das Piepen der Waschmaschine, die ankündigte, dass die Wäsche fertig war.

Blut. Blut. Blut. Blut. Blut. Blut.

Verdammt, wieso musste es Blut sein? Konnte es nicht auch ein Messer sein, welches in seinem Kopf umherschwirrte? Unfähig einen klaren Gedanken zu fassen, nahm er die Hände wieder von den Ohren und umklammerte stattdessen das Messer, welches vor ihm auf dem Boden lag. Er konzentrierte sich nur darauf, doch es gab kein Entkommen. Er begann zu zittern, seine Finger wurden steif und zittrig. Das Messer glitt ihm aus den Fingern und landete mit einem Platsch in der roten Lache vor ihm.

Blut. Blut. Blut. Blut. Blut. Blut.

Er schrie auf. Nun zitterte sein ganzer Körper. Er tauchte seine Hände in den roten Lebenssaft und strich sich danach durch die Haare und übers Gesicht. Die Katze fauchte und machte einen Buckel. Wütend darüber, dass sie noch hier war, drückte er ihr seine rote Hand ins kleine Gesicht. Ein

70

schneidernder Schmerz und die Abdrücke ihrer kleinen
Zähne in seiner Hand waren die Folge. Dann verschwand sie
durch die halb geöffnete Tür. Er griff nochmals in die rote
Spur, die immer mehr wurde, je länger er zusah. Er musste
hier weg.

Blut. Blut. Blut. Blut. Blut. Blut.

Er schaffte es nicht, aufzustehen. Sein ganzer Körper war
gelähmt und keiner seiner Muskeln regte sich. Lauter und
lauter schrie er. Aber niemand würde ihn hören können.
Hier in der Waldhütte hörte ihn niemand. Niemand.
Schweiß rann ihm über die Stirn. Sein Körper sackte leicht
nach vorne und wie in Trance schaukelte er vor und zurück,
einen Daumen in den Mund gesteckt, darauf herum kauend.
Und immer wieder wiederholte sich das schreckliche Wort
in seinem Kopf. Immer und immer wieder tauchte es in allen
Formen in seinem Kopf auf.

Blut. Blut. Blut. Blut. Blut. Blut.

Er war tatsächlich verrückt geworden. Er war verrückt.
Tränen liefen über sein Gesicht, während er sich langsam
wieder bewegen konnte. Seine Finger suchten das Messer,
schnitten sich in der Dunkelheit und erneut floss...Blut. Er
schrie und schrie und schrie. Wahnsinnig geworden presste
er sich das Messer an die Kehle. Hier war er alleine. Alleine
mit dem Blut. Alleine mit den beiden leblosen Körpern vor
sich. Mit den leblosen Körpern zwei seiner Freunden. Er
hatte sie umgebracht. Er...an seinen Händen klebte ihr Blut.
Und er, er war noch hier und lebte. Und er hatte sie
umgebracht. Die Blutlache wurde immer grösser, seine
Hose war bereits nass. Sein gebrochenes Flüstern war

nichts mehr als ein Hauch von seiner Stimme. Sie hatten doch nur etwas Blut opfern wollen. Aber er hatte zu fest gestochen.

Blut. Blut. Blut. Blut. Blut. Blut. Blut.

Und das Messer schnitt durch seine Kehle. Sein Atem wurde zu einem Röcheln, er spürte den kalten und kurzen Luftzug. Dann fiel er nach vorne. Sein lebloser Körper gesellte sich zu den bereits erstarrenden Körpern seiner Freunde. Und er war tot. Elendig verreckt an der eigenen Dummheit.

## Vergessene Seelen

„Vor vier Jahren bin ich gestorben und habe meiner Freundin geschworen, ich würde für immer ihr Engel bleiben. Im ersten Jahr hat sie sehr oft versucht sich das Leben zu nehmen, doch immer konnte ich Passanten durch meine Anwesenheit dazu bringen sie zu finden und ihr zu helfen...", spricht Jack langsam zu einer Frau, die auf der Bank sitzt und die Tauben füttert. Er weiß genau, dass Diese ihm niemals antworten wird, doch es gibt ihm das Gefühl von Menschlichkeit. Kopf schüttelt richtet er seinen Blick zu Boden. „Vier Jahre.. Im zweiten Jahr haben ihre Suizidveruche aufgehört und sie lachte wieder öfter. Ich habe das als positive Entwicklung abgestempelt und mich für sie gefreut.", erzählt er weiter und steht mittlerweile wieder auf und fässt durch den Kopf der Frau, denn er hat in den vier Jahren gelernt, das durch diese Berührung ein kribbelndes Gefühl in ihren Händen entsteht und sie die Anwesenheit einer Person spüren. Lächelnd sieht Jack dabei zu, wie sie sich immer wieder dreht und einen Blick hinter ihre Schulter wirft, doch sie sah nichts und zuckte dann kurz mit der Schulter. „Im dritten Jahr hatte sie alle Bilder vernichtet, auf denen ich mit drauf war. Wenn ich nicht wüsste, dass meine Seele das einzige ist, das es auf dieser Welt noch von mir gibt, dann hätte ich gesagt, sie hat meine Seele vernichtet. Ich weiß nicht, weshalb sie es getan hat, aber sie hat es getan. Hatte ich dir schon erzählt, dass ich nicht mehr bei meinen Eltern lebe? Ich geistere bei meiner Freundin herum und habe meine Heimat schon sehr lang nicht mehr gesehen. Meine Eltern haben keinen Kontakt mehr zu Lena.", spricht er weiter und wischt sich eine Träne aus seinem Auge.

„Im vierten Jahr hat sie mich vergessen. Sie hat vergessen wer ich bin, wer ich war und wer ich werden wollte. Sie hat unsere gemeinsame Zeit verdrängt und meine Geschenke vernichtet. Weißt du... Ich habe viel für sie getan, während ich gelebt habe und habe ihr geholfen und dies sogar nach meinem Ableben. Und als Dank dafür wurde ich aus ihrem Leben gestrichen als hätte ich nie gelebt, aber dies soll mir nun auch nicht meine Laune verderben. Ich bin heute nämlich endlich volljährig geworden, nun ja... Jedenfalls meine Seele ist es. Ich seh noch immer aus, wie vor vier Jahren.", spricht er zu der Frau und beginnt dabei sehr stark zu weinen, denn noch immer hat er den Verlust seiner Freundin nicht verkraftet. „Ich bin nicht mehr ihr Engel...", sagt er laut und geht langsam von der Frau weg, die kurz lächelte, fast so als ob sie ihn bemerkt hatte. Jack stieg in einen Bus ein und blieb dort neben dem Fahrer stehen. „Bisse ihren Fahrkuss, bidde.", sprach der angetrunkene Busfahrer, doch einige Jugendliche interessiert dies nicht und sie steigen dennoch in den Bus ein. Kopfschüttelnd durchlief er die Gruppe Jugendlicher. Einer von ihnen stieg wieder aus, ein noch recht junges Mädchen, das höchstens Fünfzehn ist. „Gute Entscheidung, Mädchen...", sprach Jack und setzte sich neben die anderen Jugendlichen und spürte, wie der Busfahrer auf das Gaspedal drückte als würde sein Leben davon abhängen. Wenige Zeit später versucht der Busfahrer eine scharfe Linkskurve zu machen und der Bus kippt um. Schlitternd durchbricht er die Leitplanke und rutscht mit voller Geschwindigkeit durch zwei Bäume. Die meisten der Passagiere sterben auf der Stelle, doch zwei Mädchen liegen noch immer verwundet am Boden des umgekippten Busses. „Ich hatte euch doch gewarnt... Ich hatte euch alle gewarnt...", wie schon so oft sah er, wie neben dem Bus einige Gestalten auftauchten und versuchten in den Bus hinein zu kommen.

Er selbst trat durch die Decke des Busses auf deren freigelegte Seite und sah ein Mädchen, das ein längliches weißes Kleid trug. Kurz zog er eine Augenbraun hinauf und sah das goldbraune Haar des Mädchens von hinten. „Was macht denn ein Mädchen hier an diesem Ort? So kurz nach dem Tod so vieler Menschen? Feingefühl ist heute auch nicht mehr vorhanden!", meint er deutlich und schüttelt seinen Kopf, doch in diesem Moment dreht das Mädchen sich um und er erkennt eines der Mädchen, die vor wenigen Minuten noch am Boden des Busses gelegen haben. „W...Was... was bist du?", spricht das Mädchen zögerlich und blickt an sich hinab. Jack scheint sie etwas absurd anzuschauen, denn sie tritt einen Schritt zurück. Die Situation hat ihn ebenfalls überrumpelt, denn er hat seid vier Jahren mit keinem Menschen gesprochen. „Jack ist mein Name. Nachnamen sind im Reich der Toten wohl eher unnötig, oder? Was ich bin? Ich würde sagen ich bin die Seele eines toten Menschens, genauso wie du es bist. Und wer bist du?", fragt er langsam und beginnt nun etwas leichter mit der Situation umzugehen. Sein eigener Tod hat ihn ja auch kaum umgehauen, deshalb schockt ihn das nun auch nicht wirklich.

„Lilly-Sophie, ist mein Name. Bin ich tot?", fragt sie immer noch zitternd und beginnt nun auch zu weinen. Sie rennt auf Jack zu und umarmt ihn und weint an seiner Schulter. Jack jedoch zieht nur eine Augenbraun hinauf und hebt seine Arme an, da er mit dieser Situation mehr als überfordert ist. „Äh, ja. Du bist soeben bei einem Unfall gestorben. Du hast vorhin eine Kälte in deinem Körper gespürt, genauso wie ein Kribbeln in deinen Händen. Das war meine Tat, denn ich wollte dich und deine Freunde vor eurem Tod bewahren. Ich frage mich nur, weshalb du nun als Seele hier neben mir stehst? Ich habe viele Menschen nicht vor dem Tod bewahren können, doch keine von ihnen ist neben mir aufgetaucht. Aber ich habe eine Vermutung... Hast du dir gewünscht, dass du stirbst?", fragt Jack sehr direkt, denn Schamgefühl sollte es unter Toten nicht geben. Da sie eh schon nur in langen Hemden oder Kleidern durch die Gegend laufen. Erst als er sich diesem bewusst wurde spürte er auch ihre Berührung.

Eine Person konnte ihn wieder berühren. Er konnte sie berühren. „Ja, ich habe mir gewünscht, dass ich sterbe. Aber das ist vor einer Woche gewesen, mittlerweile wollte ich es nicht mehr. Werde ich jetzt für immer hier leben, wie du? Wie lang bist du schon als Seele unterwegs?", noch immer lässt sie Jack nicht los und dieser muss sich damit zufrieden geben. Mittlerweile ist bereits ein Polizeiteam und ein Krankenwagen dabei die Leichen zu bergen. „Nein, nach deiner Beerdigung kommt das berühmte Licht, durch das du gehen kannst. Ich lebe bereits vier Jahre als Seele unter den Lebenden. Bis vor kurzem habe ich mich als Schutzengel betätigt, aber die Person hat mich aus ihren Gedanken gelöscht. Wir sollten in das Polizeiauto steigen, bevor es los fährt. Es wird zu deinen Eltern fahren.", spricht Jack langsam und zieht sie mit sich in das Polizeiauto. Lächelnd sieht sie mich an und zieht dann eine Augenbraun hinauf, während sie sich neben mich setzt. „Wir können also durch Wände gehen? Aber wenn nach der Beerdigung das weiße Licht kommt, weshalb bist du nicht in Dieses gegangen? Was wird nun eigentlich genau passieren?", fragt sie unsicher und bemerkt, dass der Wagen los fährt.

Jack lehnt sich derweil einfach nur gegen die Rückenlehne des Polizeiwagens und schaut etwas gelangweilt aus dem Fenster. Er sieht der Landschaft hinterher und erkennt in der Ferne seine Heimatstadt. Kommt sie etwa auch aus der selben Stadt, in der er gewohnt hatte? Lächelnd dreht er seinen Kopf wieder in ihre Richtung. „Ja, wir können durch Wände gehen und auch Kontakt zu Menschen haben, jedoch spüren sie nur die Anwesenheit und können nicht mit uns sprechen oder ähnliches. Nun, ich bin geblieben, weil ich meiner Freundin geschworen habe, das ich sie niemals im Stich lasse und ihr Engel bleiben werde. Pah, was für ein Fehler das gewesen ist. Nun, erstmal wird dieser Polizist da vorn deinen Eltern erklären, dass du gestorben bist. Dann wird einer deiner Eltern deine Beerdigung in den nächsten Tagen ansetzen. Nachdem die Menschen, die dir wichtig waren, ihre Worte an dich gerichtet haben wirst du begraben. Dann öffnet sich das weiße Licht am anderen Ende des Friedhofes und du kannst durch das Licht gehen. Oder du wirst zu einer schützenden Seele, so wie ich.", spricht Jack deutlich und lehnt sich etwas nach vorn. Er sieht aus dem Fenster und sieht das Haus seiner Eltern auftauchen und genau davor hält das Auto auch an. Der Polizeibeamte steigt aus dem Auto und Jack, sowie Lilly-Sophie folgen ihm. „Achso, hm. Ah, wir sind beim Haus meines Vaters...", spricht sie nun zitterlich und er zieht einfach nur erneut die Augenbraun hinauf. Als der Beamte an der Tür geklingelt hat fällt Jack die Kinnlade hinunter, denn sein Vater öffnet die Tür, doch nicht mit seiner Mutter im Arm, sondern mit einer anderen Frau. Lachend scheint er angetrunken zu sein. „Oh, der Herr Beamte, der schon vor vier Jahren hier war, hmpf? Immer noch nicht die Krawatte an den Nagel gehangen?", hickst er vor sich hin und Jack kann nicht anders als sich umzudrehen.

Lilly-Sophie jedoch tritt näher an das Geschehen heran und
mustert Jacks Vater kurz und dreht ihren Kopf zu der
Frau, die unter Tränen zusammenbricht. Jacks Vater
jedoch ist so betrunken, dass er alles nur schemenhaft
mitbekommt. Lachend legt er seinen Arm um den Beamten
und versucht diesen zu küssen. „Dreckiger Mistkerl!", hört
Jack Lilly-Sophie rufen, wobei er sich wieder umdreht und
den Beamten seinen Vater wegstoßen sieht. Kopfschüttelnd
geht Jack zu Lilly-Sophie und zieht diese mit sich etwas
von dem Geschehen weg. Lächelnd nimmt er sie in den Arm,
denn sie beginnt wieder zu weinen. „Deine Mutter wird
darüber hinwegkommen. Sie wird sich an dich erinnern, wie
du gewesen bist. Sie wird dich für immer lieben. Doch wo
ist dein Vater?", fragt Jack langsam und wischt ihr die
Tränen aus dem Gesicht. Sie fässt sich wieder etwas und
zeigt mit dem Finger auf Jacks Vater. Jack versucht an
seinem Vater vorbei zu schauen, um einen etwas jüngeren
Mann zu sehen, doch dort war Niemand. „Dies ist dein
Vater?", fragt er nun energischer und schüttelt Lilly-
Sophie, die dabei heftig nickt. Sofort lässt Jack sie los und
taumelt nach hinten, bis er dann in den Kofferraum des
Polizeiwagens fällt. Kurz muss er sich fangen, dann steigt
er wieder aus dem Kofferraum und drückt Lilly-Sophies
Hand einmal fest und bemerkt, dass ihm die Tränen
kommen. Bevor diese auf ihre Hand tropften hatte er sich
wieder etwas gefangen. „Dann mal willkommen in der
Familie der Seelen, Schwester. Wenn dieser Mann dein
Vater ist und diese Frau deine Mutter, dann bin ich dein
Halbbruder. Schön dich kennen gelernt zu haben, Lilly-
Sophie Lendings.", nach diesen Worten schloss er sie in
seine Arme und weinte dauerhaft, denn nun hatte auch

78

seine mentale Kraft nachgelassen. Wenige Minuten später fuhr auch schon der Streifenwagen wieder los, doch Jacks Vater stand nicht mehr an der Tür. Scheinbar wurde er verhaftet. „Du bist... du bist?", stammelt Lilly-Sophie derweil vor sich hin und umarmt ihren Bruder ebenfalls. Nach einer Minute, die Jack wie viele Jahre vorkam, lösten sie sich wieder von einander.

„Ich weiß, dass ich einen Halbbruder hatte, doch dieser ist vor ...", „... vier Jahren bei einem Autounfall gestorben?", beendete Jack ihren Satz und nickt kurz und deutlich, dann zog er sie mit sich mit in das Haus, indem er so viele Jahre gewohnt hatte. Sein altes Zimmer ist zu einer Bücherkammer geworden und allgemein sah dieses Haus dem alten Haus seiner Eltern keinesfalls mehr ähnlich. „Was ist hier nur passiert?", spricht er vor sich hin und erwartet darauf auch keine Antwort. Er durchforstet das Haus allein und findet ein altes Bild unter dem Ehebett seines Vaters auf dem er mit ihm zusammen darauf war. „Weißt du was mit meiner Mutter geschehen ist, Lilly?", fragt Jack langsam und nähert sich seiner Halbschwester, die vor ihrer Mutter steht. „Fass ihr durch den Kopf, dann werden ihre Tränen versiegen, jedenfalls für kurze Zeit...", spricht Jack und Lilly-Sophie tat dies auch. Und tatsächlich hörte ihre Mutter auf zu weinen und konnte sich so durch das Gesicht streichen.
„Deine Mutter hat sich vor drei Jahren selbst umgebracht. Sie konnte mit deinem Tod nicht umgehen, genauso wenig wie Vater es konnte. Er hat sich in ein großes Tief gestürzt und ist ein Alkoholsüchtiger geworden bis zum heutigen Tage.", spricht Lilly-Sophie langsam und reibt sich über die Augen, die voller Tränen verschmiert waren. Als Jack die Worte seiner Halbschwester vernimmt kann er sie erst

nicht verstehen, doch dann eine halbe Minute später hat sie diese verstanden und er bricht in sich zusammen. Er beginnt sich heftig zu schütteln und weint sehr stark und ohne Halt. „Verdammt! Für Lena habe ich die Zeit geopfert, doch meine Eltern habe ich vergessen! Verzeih mir Mama, verzeih mir bitte...", spricht er laut und haut mit voller Wucht und Wut gegen die Wand neben sich. Er durchfährt sie mit seiner Hand, doch anders als erwartet fielen die Bilder von der Wand und die Gläser zersprangen. Seine Wut hatte auch im physischen Sinne angeschlagen und er konnte Dinge damit zerstören. Über seine Tat selbst erschrocken hörte er auf zu weinen und auch Lilly erschauderte nach diesem Anblick. „Es... es tut mir leid. Das ist mir noch nie passiert!"

Schweigend betrachtet Lilly-Sophie ihren Halbbruder und dreht sich dann noch einmal zu ihren Eltern. Langsam geht sie durch das Haus und geht wieder durch die Haustür, wobei ihr Jack folgt. "Und hast du dich bereits darauf eingestellt, dass du bald diese Welt verlassen wirst, Lilly? Damals war es für mich mehr als schwer diesen Schritt zu gehen, allerdings haben mich meine Gefühle auf dieser Welt gebunden. Deine Beerdigung rückt immer näher.", spricht Jack mittlerweile wieder ruhig und ohne die Spur seiner Trauer auf dem Gesicht. Lächelnd dreht sich Lilly zu ihm herum und schaut ihm in seine Augen, anschließend zuckt sie mit der Schulter. "Wie soll man sich denn deiner Meinung nach auf seine eigene Beerdigung einstellen? Ich werde es auf mich zu kommen lass-...", beginnt sie, jedoch wird sie durch ein lautes Donnergeräusch aus ihrer Ausführung katapultiert. Vor den beiden Seelen baut sich ein schwarzes Licht auf, so wie es das helle Licht auf Jacks Beerdigung getan hat. "Was ist das?", fragt Lilly-Sophie fasziniert und fühlt sich angezogen von diesem Licht. "Ich weiß es nicht, aber bleib davon fern, Lilly.", spricht Jack langsam und zieht seine Halbschwester am Arm hinter sich. Seine Stirn hat er bereits in Falten gelegt, doch irgendwas ist anders an ihm als zuvor. "Wir boten dir vor zwei Jahren an, dass du in unsere Reihen eintrittst und die Seelen auf der Welt festhältst, doch du lehntest unser Gesuch ab, Jack Lendings", ertönt eine tiefe kehlige Stimme, die sofort in einem Knall untergeht. Ein weiterer Donnerschlag hallte durch die Umgebung.

Nun beginnt Jack zu lächeln und blickt sich um und schaut anschließend wieder zu dem schwarzen Licht aus dem nun ein großer Mann tritt, der in einen schwarzen Umhang gehüllt ist. Lilly-Sophie krallt sich derweil atemlos an seinen Arm und starrt den Mann an, der in ihren Augen gar nicht mal so schlecht aussieht. Breite Schultern, ein makelloses Gesicht und schöne braune Haare. Mit einem Ruck seiner Hand taucht ein weiteres Licht in seiner Hand auf, dass die Form eines Schwertes hat. Kopfschüttelnd starrt er Jack an und geht dann langsam auf ihn zu. "Du hättest ein guter Fänger werden können, Jack Lendings. Doch nun, da du dich gegen unsere Pläne stellst, müssen wir dich entsorgen und deine Freundin kannst du gleich mit in euren Tod nehmen. Ihr werdet einfach verschwinden und es wird euch niemals gegeben haben.", lachend hebt er sein Schwert in die Höhe und richtet es auf Jack. Dieser tritt jedoch zurück und stößt dabei fast Lilly um, die sich schnell aufmacht, um nicht der Situation ausgeliefert zu sein. Kurz hinter einem Baum bleibt sie stehen bis sie bemerkt, dass hinter ihr eine Frau steht, die versucht sie zu packen, doch sie konnte sich aus dem Griff befreien und versucht zu entkommen. "Nun, du bist mit deinem Lichtschwert irgendwie im falschen Film, Bruno.", scherzt Jack, der dieses Schwert nicht als schädlich einstuft, da er sich als Seele nicht verletzen kann. Als die Schwertscheide jedoch immer näher kommt springt er schwungvoll zurück und weicht so dem Schwert aus, doch dass sein Gegner kein Anfänger ist, hätte er beachten sollen. Denn mit einer schnellen Drehung trifft er Jack leicht und zerschneidet sein Hemd und ritzt ihm die Haut etwas auf.

Mit großen Augen starrt er den Mann an, der nun boshaft zu lachen beginnt und dreht sich blitzschnell um. Er rennt, wie er noch nie gerannt ist, doch da er sich dabei den Bauch hält ist es ihm nicht möglich besonders schnell zu rennen. "Haltet ein, sie werden uns früher oder später eh wieder begegnen.", spricht Bruno langsam und zuckt kurz mit dem Kopf. Seine Augen richten sich auf das schwarze Licht und schon verschwindet er schnell darin, seine Brüder und Schwestern folgen ihm eilig. Als er auf der anderen Seite auftaucht zieht ihn etwas wie ein Magnet an und wenige Sekunden später wird er auf die Beine gezwungen und eine laute fast zerstörerisch klingende Stimme halt durch die schwarze Sphäre. "Bruno, schon wieder hast du mich enttäuscht und hast es nicht geschafft eine Seele zu vernichten. Auch du bist nichts anderes als eine Seele, deshalb erteile ich dir hiermit deine letzte Chance. Danach wirst du den Platz einnehmen, die die Seele Jack Lendings einnehmen sollte. Die Leitung über die Fänger wird Lucinda übernehmen und sie wird auch deine Überwachung übernehmen.", endet die Stimme und ein großes Auge taucht mitten in der Sphäre auf und taxiert den Mann namens Bruno. "Meister, ich verstehe nicht, was euch so sehr an diesem Taugenichts von Seele liegt. Er ist nichts anderes als ein Fänger, nur führt er die Seelen anders als wir von dieser Welt. Friedlicher und zuvorkommender als wir.", spricht Bruno und keine Minute später wird sein ganzer Körper zu Boden gedrückt und er fühlt sich als hätte er eine volle Tonne auf seinem Körper liegen. Unfähig sich zu bewegen verzieht er seine Miene bis seine letzte Kraftreserve zerstört ist und er in Ohnmacht fällt.

Derweil hat sich schon eine Frau an seine Position begeben und kniet sich dort hin. "Meister, ich werde euch den Jungen und das Mädchen holen. Und wenn ich dabei drauf gehe. Dieses unnütze Pack...", sie winkt kurz in Richtung des ohnmächtigen Mannes, "... werde ich ebenfalls mitnehmen."

Jack und Lilly-Sophie haben sich derweil in einer alten Fabrikhalle verschanzt und sind dabei sich kräftig zu streiten, denn Lilly hatte erwartet, dass sie alles über das Leben ihres Halbbruders erfahren würde, damit sie sich bei ihrer Entscheidung richtig entscheiden kann. Kopfschüttelnd schlägt sie mit der Handfläche gegen Jacks Kopf, der dabei kurz brummt und sich weiterhin den Bauch hält. "Ich habe dir von diesen Menschen nichts erzählt, damit du nicht aus Mitleid oder so etwas bei mir bleibst. Du wirst in das Licht gehen, sobald es auf deiner Beerdigung auftaucht, die desweiteren gleich beginnt. Notfalls werde ich dich selbst in das Licht werfen.", spricht er deutlich und gibt damit zu verstehen, dass er kein Widerspruch annimmt. Wütend stampft Lilly auf den Boden und schlägt ihren Halbbruder erneut gegen den Arm, dem dies diesmal weh tut. Es tut ihm weh? Weshalb kann er plötzlich wieder Schmerzen spüren? Was hatte Bruno mit ihm angestellt? "Jack...", ertönt die kehlige Stimme wieder und ein schwarzes Licht taucht mitten im Raum auf. Diesmal ist die Stimme weniger kraftvoll und wie erwartet stürzt der große Mann aus dem Licht. Sofort stürzt er gen

Boden und bleibt dort liegen. "Du musst aufpassen und viel wichtiger ist, dass du dies nimmst...", spricht der Mann langsam und drückt dem ahnungslosen Jack sein Schwert in die Hand, doch sofort verschwindet es wieder. "Ich wurde von Indianer schwer verwundet. Sie taucht bald hier auf. Ihr müsst... verschwinden...", sind seine letzten Worte, dann schließt er seine Augen und er löst sich auf.

"Was ist das bitte gewesen und weshalb hat er mir sein Licht gegeben?", fragt er laut, aber eher an sich selbst gerichtet. Wie er dieses Schwert wieder bekommt, weiß er nicht und dies ist ihm auch ziemlich egal. Er packt sich seine Halbschwester, die eine Antwort geben wollte und zieht sie aus der Fabrikhalle und anschließend über die Straße. Nach wenigen Minuten haben sie endlich den Friedhof erreicht, auf welchen gerade der Trauerzug damit begonnen hat. Lächelnd zieht er seine Halbschwester immer weiter bis sie vor ihrem Grab angekommen sind. "Nun, ich ziehe mich fürs Erste zurück, Lilly. Genieße deine Beerdigung und denk nicht dran abzuhauen.", spricht Jack kurz und beginnt damit langsam über den Friedhof zu wandern, um sein eigenes Grab aufzusuchen. "So lang ist es her, dass ich hier gewesen bin. Damals schwor ich meine Freundin zu beschützen, doch nach so kurzer Zeit war alles vorbei.", seufzt er vor sich hin, doch lange kann er sich nicht auf seine Dinge konzentrieren, denn die Glocken der Kirche klingen ab und ein Donnern erschüttert die Erde. Schnell kommt er wieder zu sich und beginnt damit zur Beerdigung zu rennen.

"Vier Jahre nach dem Tod meines Sohnes ist nun auch meine Tochter von uns gegangen. Ich verstehe einfach nicht, warum Gott mir meine Kinder nimmt? Bin ich so ein unfähiger Vater, dass ich es nicht verdient habe meine Kinder ein Leben lang zu verpflegen und es ihnen schön zu machen? Ich weiß es nicht. Ich kann nur hoffen, dass Lilly-Sophie immer gewusst hat, wie sehr ich sie liebe und wie sehr ihre Mutter sie geliebt hat.", spricht ihr Vater, der auch gleichzeitig Jacks Vater ist langsam und beginnt damit in Tränen zu schwimmen. Als nächstes tritt ihre Mutter auf das Podest und wirft eine rote Rose in das Grab hinein und auch sie beginnt unter Tränen einen Vortrag zu halten. Doch urplötzlich wird es still und ein Donner ertönt laut auf dem Gelände. Ein weißes Tor und ein schwarzes Tor öffnen sich und aus dem schwarzen Tor stürmen drei Fänger hinaus und lassen sofort ihre Schwerter erscheinen. "Warum? Warum nur?", fragt sich Lilly-Sophie und versucht zu fliehen, doch ein großer schwarz gekleideter Mann hält sie am Oberarm fest.

"Haaalt!", ertönt ein Ruf hinter dem Mann und kaum eine kurze Weile später löst er sich auf. Der Mann, der ihm ein schwarzes Schwert in den Rücken gerammt hat, ist niemand geringeres als Jack. Um das Schwert wieder aufzurufen musste er nur eine Faust bilden und mit der Faust in Richtung Boden schlagen und an das Schwert denken. Schnell hat er sich schützend vor seine Schwester gestellt und hat das Schwert gehoben. Ein Glück, dass er als lebendiger Mensch viele Mittelaltersspiele gespielt hat und daher einige Grundzüge des Kampfes gelernt hat. Mit einem Rundumschlag versucht er die restlichen Fänger zu treffen, doch der Angriff geht ins Leere. Schnell greift er sich die Situation und drückt seine Halbschwester zum Licht. "Schnell, verschwinde! Du wirst deinen Frieden finden, Lilly. Es war sehr schön dich kennenzulernen, auch wenn es nur eine kurze Zeit gewesen ist. Aber nun geh!", spricht Jack schnell und pariert das Schwert seines Gegners, doch in diesem Augenblick streift ihn das Schwert des zweiten Fängers. Seine Schwester hat mittlerweile auf begriffen und geht schneller auf das Licht zu und dreht sich kurz davor noch einmal um. "Jack, ich kann dir nur zustimmen. Ich lieb dich, Brüderchen.", spricht sie und dreht sich wieder um, doch genau als sie durch das Licht geht ertönt ein Aufschrei. Ihr Bruder wurde von beiden Schwertern durchbohrt und sinkt zu Boden. Sie selbst kann nichts anderes mehr tun als weinen, auch kann sie ihm nicht mehr zur Hilfe eilen, denn das Licht hat sie nun in einen Mann gezogen. Der letzte Gesichtszug den ihr Bruder aufgesetzt hatte war ein Lächeln, welches sie wohl nie vergessen wird. Er löst sich auf und seine Taten verschwinden langsam aus den Erinnerungen der Menschen, die ihn geliebt haben, sein Grab verschwindet von der Welt und alle Aufzeichnungen beginnen in Flammen zu stehen.

Nun hat es ihn nie gegeben.

Lilly-Sophie, die mittlerweile auf der anderen Seite angekommen ist blickt sich ein letztes Mal um und dann beginnt auch sie sich aufzulösen, doch nicht um zu sterben und nie existiert zu haben, sondern um ihr Leben im Frieden zu beenden. Mit ihr bleibt auch ein Teil ihres Bruders in den Erinnerungen ihrer Familie, denn sie weiß, dass es ihn gegeben hat und wird es mit in den Tod nehmen.

## Die Entdeckung

Jeremy kannte seinen Vater nur flüchtig. Er war selten zu
Hause, weil er viel auf Reisen war.
Der Junge lebte allein mit seiner Mutter und dem Personal,
in einer herrschaftlichen Villa in England.
Sein Vater besuchte sie beide nur an vereinzelten Abenden
im Jahr.
Jedes Mal brachte er dem Jungen ein Geschenk von seinen
Reisen mit, aber das war kein Ersatz für seine
Abwesenheit.
Dann hatte er Jeremy, als kleinen Jungen, immer ins Bett
gebracht und ihm vorgelesen. Als er älter wurde,
spazierten sie zu später Stunde, gemeinsam durch den
parkähnlichen Garten des Hauses.
Obwohl sein Vater so selten da war, wusste er immer, was
Jeremy bedrückte und fragte ihn danach.
Dem Jungen war das unangenehm, weil er die kostbare Zeit,
nicht mit Probleme wälzen verbringen wollte.
Irgendwie bewunderte er seinen Vater, wenn er ihn auch
nur wenig sah. Er war ein stattlicher Mann, sehr
gutaussehend, besonnen und verständnisvoll. Nach seinem
Rat fühlte sich, Jeremy meistens gleich besser.
Doch am nächsten Morgen war er jedes Mal verschwunden
und ließ seine Mutter betrübt zurück.
Sie hatte ihm schon vor Jahren erklärt, dass sein Vater ein
vielbeschäftigter Mann sei und er gutes Geld verdienen
würde.
Aber das war nicht der einzige Grund, warum Jeremy
unzufrieden war.

Schon als kleiner Junge hatte er bemerkt, dass er anders war, als die anderen Kinder.
Er war für sein Alter schon immer reifer gewesen, klüger und ihn interessierten andere Dinge. Was ihn schnell zum Außenseiter gemacht hatte.
Wegen den ständigen Hänseleien und Angriffen seiner Mitschüler, nahmen ihn seine Eltern von der Schule und engagierten Privatlehrer für ihn.
Deswegen hatte er keine Freunde und fühlte sich sehr einsam.
Inzwischen war er bald erwachsen. Siebzehn!
Jeremy sehnte sich verständlicher Weise nach einer Freundin, aber wo sollte er ein Mädchen kennen lernen.
Er ging nie aus, spazierte höchstens durch die Nacht, wenn er wieder einmal nicht schlafen konnte und lauschte den Geräuschen, um sich herum.
Er konnte in der Dunkelheit viele Dinge erkennen, die zum Beispiel, seiner Mutter verborgen blieben. Auch schien sein Gehör besser zu sein, als von anderen.
Nach diesen nächtlichen Streifzügen durch die Strassen, verschwand die Leere in ihm und er fühlte sich wieder seelisch gestärkt.
Die Menschen wurden ihm mit der Zeit, immer fremder und er fühlte sich unter vielen unwohl. Allmählich erwachte eine bestimmte Sehnsucht in ihm, die er nicht einordnen konnte und sie wurde immer stärker.
Er gehörte irgendwie nicht in diese Welt, das spürte er, aber das war abwegig. Er war ein normaler hübscher Junge mit dunkelgrünen Augen und braunem Haar.
Die Augenfarbe hatte er von seiner Mutter Jane und die Haare wohl von Marten, seinem Vater.
Jane, war ebenfalls eine sehr schöne Frau mit schwarzem, langem Haar.

88

Jeremy hatte in letzter Zeit gemerkt, dass sie Verehrer hatte, aber keinem nachgab. Als er diesbezüglich etwas andeutete, erwiderte sie:" Ich liebe deinen Vater. Keiner kann ihm das Wasser reichen."
Das beruhigte ihn wieder.

Jeremy blätterte wieder einmal in den Fotoalben, wenn er sich nach der Ankunft seines Vaters sehnte. In den ersten Jahren seines Lebens hatte Marten noch im Haus gelebt, bevor er diesen Job als Antiquitätenhändler annahm.
Fotos von Jeremys Geburt, hier im Haus. Sein Vater strahlte in die Kamera, seine Mutter sah noch erschöpft aus und er lag in der Mitte. Man sah Marten seinen Stolz richtig an und er hatte sich überhaupt nicht verändert. Er wirkte heute noch so jugendlich, wie damals. Auch seine Mutter hatte sich gut gehalten. Sie sah jetzt höchstens reifer aus.
Dann folgten Fotos von Weihnachtsfesten und Geburtstagen, an denen sein Vater dann immer anwesend war.
Bald hatte er wieder Geburtstag. Seinen achtzehnten!

Was würde er von seinem Vater wohl bekommen? Marten war immer großzügig mit Geschenken gewesen.
Aber am meisten freute sich Jeremy auf das Wiedersehen.
„ Wann kommt Dad heute?", fragte das Geburtstagskind beim Frühstück.
Jane las gerade in der „Times":" Am Abend! Er wird, denke ich, um acht hier sein. Nun bist du schon erwachsen. Wie schnell das alles ging. Ich hatte dich doch erst noch auf dem Arm."
Sie lächelte und sah ihn herzerwärmend an.

Der junge Mann lächelte zurück und aß weiter an seinen „Pancakes" mit Orangenmarmelade und trank dazu seinen obligatorischen halben Liter warmer Milch.

Sein Appetit war, wie immer, enorm. Doch zum Glück nahm er deswegen kein Gramm zu. Er schien alles restlos zu verbrennen.

Allmählich bekam er genauso einen athletischen Körper, wie sein Vater und das gefiel Jeremy natürlich sehr.

Er posierte des Öfteren vor dem Spiegel, wie diese Bodybuilder.


Am Nachmittag fanden sich seine Großeltern zum Tee ein und sie waren ja ganz nett. Aber Jeremy schielte, genau wie seine Mutter, immer wieder auf die Uhr. Sie schien Marten genauso sehnsüchtig zu erwarten, wie er. Vielleicht noch mehr.

Der Junge spürte deutlich, dass sie beunruhigt war und dass es mit ihm und seinem Vater zu tun hatte.

Ihre Blicke, die sie ihm ab und zu zuwarf, waren merkwürdig. Irgendwie besorgt und nachdenklich.

Als Jeremy Jane einmal allein in der Küche begegnete, wo sie nach dem Rechten sah, fragte er: „Mum, was ist? Du machst dir Sorgen."

Sie schüttelte lächelnd den Kopf:" Nein, ich bin nur ungeduldig. Du doch auch. Er kommt ja bald. Nur noch zwei Stunden."

Kurz vor dem Dinner, teilte seine Mutter ihm mit, dass sich Martens Flug um eine Stunde verspätet.

Na ja, dann war er zum Abendessen eben nicht da.

Danach verabschiedeten sich seine Großeltern und er saß mit seiner Mutter allein im Wohnzimmer auf den Sofas.

Die Standuhr zeigte kurz vor neun, als es endlich an der Tür läutete.

Eine Bedienstete öffnete und kurz darauf trat sein Vater grinsend herein:" Alles Gute, mein Großer." Er umarmte ihn und klopfte seine Schultern. Dann schob er ihn ein Stück zurück:" Du bist ja schon größer, als ich.", bemerkte Marten lachend.

Danach begrüßte er Jane mit einem Kuss:" Hallo, Schatz!" Jane wandte sich an Jeremy:" Dein Dad will dir draußen was zeigen. Geh mit ihm!"

Jeremy folgte seinem Vater neugierig und erwartungsvoll vor das Haus.

Marten meinte feierlich:" Voilà! Das hier ist dein Auto." Dabei zeigte er auf den schnittigen, rabenschwarzen Sportwagen, der da im Kies stand.

„ Wow! Ein Lotus. Geil!", rief Jeremy aus und näherte sich dem Wagen ungläubig. Er strich sanft über den glänzenden Lack, umrundete mit großen Augen das Gefährt:" Wahnsinn! Und der gehört wirklich mir?"

Marten antwortete:" Klar, natürlich gehört er dir. Willst du ihn gleich ausprobieren?"

Der Junge umarmte seinen Vater stürmisch:" Danke, Dad. Das ist echt der Hammer. Mein Lieblingsauto! Woher wusstest du das?"

Marten schmunzelte zweideutig:" Och, ich weiß so einiges. Aber, nun steig ein. Hier sind die Schlüssel."

An Jane gewandt meinte er:" Wir machen nur ne Spritztour."

Sie stand oben an der Tür und nickte.


Der Motor röhrte bedrohlich auf, der Kies spritzte und

der Wagen katapultierte sich zum Tor hinaus. Jeremy umklammerte verkrampft das Lenkrad und hatte Mühe, das Gefährt unter Kontrolle zu halten.

Nachdem sie die PS-Leistung des Wagens auf dem Highway ausgetestet hatten, traten sie die Rückfahrt an.

Sein Vater fragte:" Hast du eigentlich eine Freundin?"

Jeremys Blick haftete auf der Strasse:" Ich denke, du weißt so gut über mich Bescheid. Wie soll ich eine kennen lernen?"

Marten nickte nachdenklich:" Es tut mir leid, Jeremy. Deine Mutter und ich wollten, dass du ein so normales Leben führen kannst, wie möglich. Uns war nicht klar, wie es sich auswirken würde."

„ Was würde sich auswirken?", fragte Jeremy lauter.

„ Halt hier kurz an!"

Jeremy bog in eine Ausbuchtung an der Strasse ein und stellte den Motor ab. Sein Vater wandte sich ihm zu und begann:" Du hast sicher schon früh bemerkt, dass du anders bist."

„ Ja, allerdings. Aber ich möchte nicht anders sein. Ich fühle mich überall ausgeschlossen."

Marten seufzte:" Glaube mir. Das kann ich zu gut verstehen. Das ist unser Schicksal.! Zum Glück hast du wenig von mir geerbt."

Jeremy schüttelte verständnislos den Kopf:" Warum zum Glück? Ich bewundere dich."

Sein Vater erwiderte:" Ich meinte nicht mich, sondern von meiner Art. Irgendwann musstest du die Wahrheit erfahren und deine Mutter und ich dachten, dass heute der richtige Zeitpunkt wäre.

Bitte, hör mir genau zu.

Vor zwanzig Jahren heiratete ich Jane und ein Jahr später ist es passiert. Ich nahm eines Abends eine Anhalterin mit, der Wagen blieb kurze Zeit später stehen und sprang nicht mehr an. Dann fiel sie über mich her und tötete mich. In der nächsten Nacht erwachte ich in ihrem Haus und da erzählte sie mir, was ich nun war."

Jeremy unterbrach:" Sie brachte dich um? Aber, wie...?"

Marten nahm einen kräftigen Atemzug:" Ach, ich schäme mich vor dir. Es ist meine Schuld, dass du kein gewöhnliches Leben führen kannst." Er blickte zu Boden, zögerte und murmelte: „Ich bin...ein Vampir!"

Jeremy glaubte sich verhört zu haben:" Ein Vampir?" Er musterte seinen Vater sehr genau.

Im Auto war es ziemlich finster und so erkannte der Junge, den bernsteinfarbenen, schwachen Schimmer in den braunen Augen seines Vaters.

Marten unterbrach die Stille:" Ich kehrte zu deiner Mutter zurück, beichtete ihr alles und bot ihr die Scheidung an. Sie lehnte ab, weil sie sich nicht von mir trennen wollte. Tja, und das Ergebnis bist du!

Ich wusste nichts genaues über meinen Körper, dachte, dass ich unfruchtbar wäre. Das stimmt auch, aber nicht ganz am Anfang meines Daseins.

Als Jane dann schwanger wurde, dachte ich natürlich an Betrug, aber in ihren Gedanken sah ich, dass sie mich nicht belog.

Dass du unterwegs warst, freute mich riesig. Trotz meiner Verdammnis, wurde ich Vater. Das war das größte Geschenk, so etwas wie eine Entschädigung. Verachtest du mich jetzt?"


Jeremy blickte nachdenklich auf das Armaturenbrett:" Nein. Irgendwie bin ich erleichtert. Endlich habe ich eine Erklärung, warum ich anders bin und

dass ich nicht verrückt bin. Wie lebst du? Was ist wahr von
den ganzen Mythen?"
Sein Vater antwortete erleichtert:" Ich reise nicht herum.
Das ist eine Ausrede für meine Abwesenheit. Ich kann dich
ja nur abends besuchen und damit du meine
Andersartigkeit nicht bemerkst. Ich wohne in einem
normalen Haus, schlafe in einem normalen Bett, aber mein
Schlafzimmer ist vorsichtshalber im Keller. Tageslicht
schadet meiner Haut, verbrennt sie."
Jeremy sah seinen Vater wieder an:" Und Blut? Gehst du
zum Schlachthof?"
Marten antwortete:" Anfangs habe ich es damit versucht,
aber es stärkte mich nicht."
Sein Sohn starrte ihn ein wenig argwöhnisch an und der
Vampir spürte die aufkeimende Angst. Dann trank sein
Vater also Menschenblut. Brachte er sie dafür um? Das
konnte sich Jeremy, bei ihm gar nicht vorstellen. Dass er
sich auf Leute stürzte und sie aussaugte.
" Ja, ich töte Menschen, um mich zu ernähren. Das ist
verwerflich und ich kann nicht viel zu meiner Verteidigung
sagen. Vielleicht nur, dass ich es bloß aus Hunger tue und
nicht aus Lust, wie andere. Und dass ich meine Opfer nicht
leiden lasse."
Jeremy zuckte zusammen, als sein Vater nach diesem
Geständnis, die Hand auf seinen Arm legte. Marten zog sie
wieder zurück.
Dann öffnete der Junge die Fahrertür, stieg aus und ging
einige Schritte vom Wagen weg. Alle möglichen Gedanken
kreisten in seinem Kopf.
Er war ein Halbvampir, oder ein Viertel.
Marten stand plötzlich neben ihm:" Wenn du willst,
verschwinde ich aus deinem Leben. Du musst es nur sagen."
Sein Sohn schüttelte den Kopf:" Lass mir Zeit! Ich muss

das zuerst mal alles verdauen."
Sein Vater legte die Hand auf Jeremys Schulter. Sie war
warm.
„ Okay, fahr nach Hause zurück. Deine Mutter wartet
sicher schon ungeduldig."


Allmählich siegte die Neugier über Jeremys Angst und er
fragte:" Hast du keine langen Zähne?"
Marten grinste ihn breit an:" Doch, aber kaum länger, als
deine."
Der Junge erkannte die spitzen Eckzähne und ein leichter
Schauer lief ihm über den Rücken. Die würde er nicht im
Fleisch spüren wollen.
„ Jeremy, ich könnte dir niemals etwas antun und ich würde
niemals zulassen, dass einer meiner Artgenossen das wagt."
Der Junge bog schließlich in die Hofeinfahrt ein:" Gibt es
viele?"
„ In London schon. Dort lebe ich mit einem anderen
Unsterblichen zusammen. Er ist sehr alt. Einige hundert
Jahre."
Unfassbar!
Es gab diese Wesen wirklich. Jeremy hatte sich schon
selbst mit dem Vampirmythos befasst und sich oft
gewünscht, dass es wahr wäre. Vielleicht, um ihn von seinem
irdischen Leben zu erlösen.
Als sie aus dem Auto herauskletterten sagte
Marten:" Deshalb wollte ich es dir erst jetzt gestehen. Du
kannst dich entscheiden in welcher Welt du leben
möchtest."
Jeremy sah seinen Vater erstaunt an:" Du meinst, ich
könnte auch ein Vampir werden?"
„ Ja, aber das musst du dir gut überlegen. Ich werde eine

Weile bei euch bleiben und dir mein Leben näher bringen, damit du weißt, was dich erwarten würde. Es muss dir klar sein, was du fortan tun musst. Wenn du es dann willst, wirklich willst, wird mein Gefährte dir das Blut geben."


Sie spazierten in Richtung des Gartenteichs und Jeremy fragte enttäuscht:" Warum nicht du?"
Sein Vater blickte auf seine Schuhspitzen und erwiderte:" Nein, ich kann nicht. Du bist mein Sohn und sowieso ist André viel mächtiger, als ich. Keine Angst! Er hat Erfahrung damit. Aber lass dir Zeit, mit einer Entscheidung. Es ist, wie du wahrscheinlich weißt, nicht rückgängig zu machen."
Jeremy sah auf das dunkle Wasser des Teichs und betrachtete die Seerosen auf der Oberfläche. Ihr intensiver Duft stieg ihm in die Nase und er hockte sich nieder.
Sein Vater meinte:" Bleib ruhig noch hier. Ich geh rein zu deiner Mutter."
Der Junge nickte nur, ohne sich umzusehen.
Er überlegte, ob ihn ein Dasein in der Finsternis glücklicher machen würde. War das die Erfüllung seiner unbestimmten Sehnsucht, die ihn plagte?
Unbewusst hatte er diese andere Seite in sich, gespürt. Diese Unvollständigkeit hatte ihn gequält und nun konnte er sich vereinigen, auf das sein Blut endlich rein wurde. Dieser Gefährte seines Vaters würde es ihm schenken und dann wären sie wirklich Vater und Sohn.
Was hatte sein Vater überhaupt für Fähigkeiten?
Das hat er ihm gar nicht beschrieben. Nun, er wird es in den nächsten Nächten sicher noch tun, wenn Jeremy sich entscheiden soll.

Er blickte zum Haus hinüber und lachte in sich hinein. Was für eine komische Familie, sie doch waren. Sein Vater Vampir, seine Mutter Mensch und er ein Mischling.
Plötzlich hörte er zum ersten Mal Martens Stimme im Kopf.
<< Komm rein, Jeremy. Es ist doch dein Ehrentag heute.>>
Automatisch antwortete er, nach dem kurzen Schreck, auf dieselbe Weise:<< Gleich, Dad.>>
Damit erhob er sich, schlenderte an seinem neuen Wagen vorbei und betrat wieder das Haus.
Seine Entscheidung stand so gut wie fest!

### _Blut...Mehr als einfach nur Rot_

„Glaube mir, Du wirst diese Party genießen – Du hockst oft
genug an dem blöden Laptop. Es gibt noch andere Dinge im
Leben als Arbeit!"
Meine Freundin Stella war mal wieder in Hochform – und
das am frühen Morgen! Für mich kaum nachvollziehbar!
„Dieser blöde Laptop ermöglicht es mir, den Anteil an der
Miete zu bezahlen. Und falls Du es vergessen hast, diese
Wohnung ist nun nicht gerade das, was man ein
Schnäppchen nennen würde. Aber es musste ja unbedingt in
Kensington sein – einem der teuersten Stadtteile
Londons." Meine Stimme war nun doch sehr laut geworden –
zumal ich nicht wusste, wo sich Stella nun schon wieder
aufhielt. Sie rannte von einem Raum in den anderen, war
völlig aufgedreht.

„Ach Süße, Kensington ist doch toll, ich liebe es! Hat nicht
Prinzessin Diana auch mal hier gewohnt? Vor langer
Zeit?" Neugierig steckte Stella den Kopf in mein Zimmer.
Sie wartete wohl auf eine Antwort von mir. Ich hatte es
aufgegeben: Wie sollte man nur ausschlafen, mit so einem
Energiebündel in der Wohnung? Sie brachte mich wirklich
oft zur Verzweiflung. „Super Argument, ehrlich. Ich bin
nicht Prinzessin Diana, Du auch nicht. Und mir fallen auch
sonst wenig Gemeinsamkeiten ein." Stella war oft
hoffnungslos romantisch – wobei das eigentlich MEIN Part
war – ich war die Schriftstellerin, nicht sie!

„Also Sam, nicht dass Du wirklich viele
Männerbekanntschaften hättest, aber wenn ich an den
letzten Typ denke – Steven, oder? Na, da denke ich schon,
ihr beide habt was gemeinsam. Er sah grauenvoll aus, fast

98

noch schlimmer als Prinz Charles!" Sie kicherte albern, und machte sich davon. Das war ja wohl die Höhe! Ich erhob mich endlich aus meinem Bett, zog den Morgenmantel über und folgte ihr. Ein Kaffee konnte nicht schaden – schlafen konnte ich später immer noch.

„Erstens, ich mag es nicht, wenn Du mich Sam nennst. Zu Deiner Erinnerung, meine Eltern ließen mich auf den Namen Samantha taufen. Und außerdem, was hast Du gegen Steven? Er war liebevoll, anhänglich, treu, wohlhabend..." Stella verdrehte die Augen:" Ja, und schrecklich langweilig....hatte ich das Wort HÄSSLICH schon erwähnt?" Ich funkelte sie nun böse an:" Lassen wir das Thema. Ich habe sowieso kein Interesse an Männern. Jedenfalls im Moment. Sei lieb, und gib der armen, übermüdeten Schriftstellerin, einen heißen Kaffee, ja?"

Wir saßen zusammen in der Küche – sehr klein, aber liebevoll eingerichtet. Seit drei Jahren bewohnten wir dieses viel zu schicke, und furchtbar teure Appartement. Stella arbeitete als Fotografin für eine bekannte Tageszeitung in London. Ich hatte mich voll und ganz, der Schriftstellerei gewidmet. Leider war unser Tagesrhythmus absolut verschieden: Stella ging zu Bett, wenn ich erst richtig anfing, zu arbeiten. Das hatte aber auch gewissen Vorteile, denn so konnte doch jeder sein eigenes Leben führen, ohne dem anderen ständig über den Weg zu laufen. Wir mochten uns auf jeden Fall. Aber wir waren zu verschieden, um wirklich dicke Freundinnen zu sein. Kennen gelernt hatten wir uns, über einen Aushang: „Suche Mitbewohnerin für kleine Wohnung in bevorzugter Wohnlage." Diese Mitbewohnerin wurde ICH – obwohl ich noch immer der Meinung war, diese Unterkunft sei unverschämt teuer.

„Was ist das nun genau, was Du heute Abend veranstalten willst? Und wie lange soll das gehen?" Ich spürte, dass ich trotz Kaffee, nicht wirklich richtig zu mir kam. Das war definitiv NICHT meine Tageszeit – 8 Uhr morgens. Wie konnte man so früh, so furchtbar munter sein? Ich sah Stella fassungslos an.
„Es ist nur ein gemütliches Beisammensein, mehr nicht. Keine große Fete, sei beruhigt. Wir haben doch diesen neuen Kollegen, Jason. Und dem wollen wir das Eingewöhnen ein wenig erleichtern. Hey, er sieht übrigens super aus. Das nur am Rande." Meine Mitbewohnerin zwinkerte mir zu.

„Oh nein, bitte nicht Stella! Du willst mich nicht etwa verkuppeln, oder? Das Thema hatten wir doch schon. Ich habe weder Zeit noch Lust, einen Mann kennen zu lernen. Und wenn ich Sex haben will, kümmere ich mich selbst darum. Ich bin stolze Besitzerin eines super modernen Dildos. Damit Du es weißt."
Stella sah mich schockiert an:" Du hast echt so ein Teil? Naja, wem es gefällt. Aber wegen Jason, schau ihn Dir doch einfach mal an, ja? Damit vergibst Du Dir nichts. Weißt Du, er würde gut zu Dir passen. Er ist genauso ein Nachtschwärmer wie Du, eher verschlossen und...ja, einfach anders." Stella schien von diesem Jason total begeistert zu sein. „In der Redaktion nennen sie ihn den VAMPIR. Ist das nicht lustig? Passt doch genau zu Deiner Geschichte!"

Aha – Stella wollte mir also einen Mann vorstellen, der dem entsprach, über was ich gerade schrieb. „Kann er fliegen? Verwandelt er sich in eine Fledermaus, hasst er Knoblauch und Kruzifixe?" Ich bemerkte, dass sie mit dieser Frage hoffnungslos überfordert war und lachte. Wir redeten noch eine Weile über den neuen Kollegen, und seine Vorliebe, nur am Abend arbeiten zu wollen. Himmel, wie gut ich ihn verstehen konnte. Ich selbst war die totale Nachteule, warum auch immer. „Ich werde Euch eine Weile Gesellschaft leisten, versprochen. Aber nur, damit Du mich endlich in Ruhe lässt, ja? Danach verschwinde ich wieder in mein Zimmer. Bitte denke daran, ich habe einen Abgabetermin für meinen Roman. Ich kann es mir nicht leisten, die Nächte mit Smalltalk zu vergeuden."

Damit war das Thema erledigt. Stella ging zur Arbeit, ich legte mich wieder ins Bett. Es dauerte nun aber doch eine ganze Weile, ehe ich wieder in den Schlaf fand. Kein Wunder, es war ein wunderschöner Sommermorgen. Die Sonne schien bereits in mein Zimmer, und allmählich wurde es heiß und stickig. Außerdem schien ganz London auf den Beinen, oder im Auto unterwegs zu sein – die Geräuschkulisse war mehr als störend. Und das, obwohl ich bereits das Fenster geschlossen hatte. Ich dachte an den heutigen Abend. Die meisten von Stellas Kollegen kannte ich – und die wenigsten mochte ich! Sie waren hoffnungslos aufgedreht, wie Stella selbst. Und auch eine gewisse Oberflächlichkeit war nicht zu verleugnen. Sie lebten in ihrer Welt, und ich in der meinen. Sie nannten mich die „Hexe", weil ich recht zurückgezogen lebte, die Nacht liebte und außerdem eine Schwäche für mystische Geschichten hatte. Mich amüsierte diese Bezeichnung. Nein, sie gefiel mir sogar.

Irgendwann war ich doch eingeschlafen. Allerdings wurde ich recht unsanft geweckt, als ich Stella laut fluchen hörte.

War es schon so spät? Wie lange hatte ich denn geschlafen? Egal, es war noch hell, also beruhigte ich mich. Kurz darauf erfuhr ich den Grund für Stellas Wutausbruch. Sie war früher von der Arbeit heimgekommen, weil sie die kleine Zusammenkunft vorbereiten wollte. Dabei fiel ihr leider ein Tablett aus der Hand, auf dem sich mindestens 10 wertvolle Weingläser befanden. Als das größte Chaos beseitigt war, setzte ich mich wieder an meinen Laptop. Ich wollte noch etwas Produktives vollbringen, ehe ich dieser sicherlich langweiligen Feier beiwohnen musste. Warum nur hatte ich Stella versprochen, dabei zu sein? Ich ärgerte mich schon wieder über mich. Warum konnte ich nie NEIN sagen, sobald sie mich, mit ihren großen braunen Hundeaugen ansah?

Als es langsam Abend wurde, war Stella nicht mehr zu halten: Wie ein aufgescheuchtes Reh sprang sie durch unsere Wohnung. Zwischen der liebevoll angerichteten Käseplatte, und dem permanenten Wechsel ihrer Wohnzimmer-Deko, fand sie noch immer Zeit, um zu duschen, ihr Partykleid auszusuchen und sich zu schminken. Ich betrachtete ihr hektisches Treiben, mit gebührendem Abstand. Allerdings fragte ich mich allmählich, ob sie mir die ganze Wahrheit gesagt hatte, was den Besuch anging. Ihrem Aufwand zufolge, erwarteten wir hohen Staatsbesuch – oder würde Prinz Charles hier erscheinen? Nun, wenn man Stella glauben durfte, war das ja genau DER Mann, der in mein Beuteschema passte. Perfekt!

Wie auch immer, dieser Abend schien meiner Freundin wirklich viel zu bedeuten. Daher zog ich mich nun ebenfalls zurück, um ein passendes Kleidungsstück für das „große Event" zu wählen. Wenn schon Hexe, dann richtig! Stella wollte mich vorführen? Diesem neuen Kollegen, dem „Vampir" - gut das konnte sie haben. Mit Fledermäusen in Menschengestalt,konnte ich es jederzeit aufnehmen. Ich musste schmunzeln, als ich mir vorstellte, wie dieser arme Mann wohl reagieren würde, sollte er jemals erfahren, wie man ihn heimlich nannte.

Als ich mich in Schale geworfen hatte, und auch das Make-up vollendet war, wagte ich letzten Blick in den Spiegel. Ich war durchaus zufrieden – nein, mehr als das, ich war begeistert! Da hatte ich wirklich ganze Arbeit geleistet. Ich trug ein schwarzes Minikleid aus Satin, das hauteng geschnitten war. Es betonte meine schlanke, fast zierliche Figur hervorragend. Dazu schwarze Nylonstrümpfe, halterlos natürlich und High Heels – in derselben Farbe . Ich war dezent, aber wirkungsvoll geschminkt: Schwarzer Eyeliner und dick aufgetragene Wimperntusche, betonten meine grauen Augen.. Dazu hatte ich einen blutroten Lippenstift gewählt. Ein toller Kontrast zu meinen langen, hellblonden Haaren und meiner ohnehin hellen Haut.

Ich konnte im Geiste schon das Gerede von Stellas Freunden hören, die mich sowieso alle sehr „seltsam" fanden. Und heute würden sie mich als eine Art „Gothic-Vampir" erleben. Egal, es interessierte mich nicht wirklich, was sie von mir dachten. Ich konnte nichts mit ihnen anfangen, umgekehrt war es nicht anders. Ich wollte nur Stella eine Freude machen – und war auch etwas neugierig auf den fremden Besuch.

Ich hatte mir vorgenommen, nicht sofort bei der Party zu erscheinen. Die Stimmung, gerade zu Anfang, war bei solchen Zusammenkünften immer sehr gezwungen. So gönnte ich mir ein Glas Wein, setzte mich gemütlich in meinen Schaukelstuhl und hörte, wie es ständig an der Türe klingelte. So eine Hausbar auf dem Zimmer, hatte doch was – ich genoss die Ruhe vor dem Sturm. Als mir klar wurde, dass ich mich nicht länger davor drücken konnte, verließ ich seufzend meine Festung. Ich hatte überhaupt keine Lust auf diesen Abend, aber versprochen war versprochen.

Ich hatte kaum meine Türe geöffnet, da stieß ich schon fast mit Tom zusammen, einem Kollegen von Stella. Ein furchtbar arroganter und selbstverliebter Mensch, wenn auch äußerst attraktiv. „Hallo Kleines, da bist Du ja! Ich habe Dich schon vermisst." Er lächelte mich, in seiner altbekannt schleimigen Art an, so dass mir fast übel wurde. Ich ersparte mir einen Kommentar, obwohl ich durchaus einige gute Ideen gehabt hätte. Stattdessen grinste ich ihn nur an, und drängte mich vorbei, in Richtung Wohnzimmer. Dort tobte das Leben – kein Wunder, es war der einzig wirklich große Raum in unserer Wohnung. Somit fiel es gar nicht auf, wie viele Gäste Stella geladen hatte.

Ich trat ein, und kam mir plötzlich hilflos und verloren vor. Wer waren all diese Leute? Ich kannte Stellas Kollegen, ja – aber diese waren eindeutig in der Minderheit. Die meisten Gesichter waren mir fremd. „Sam, meine Süße, da bist Du ja! Komm,ich muss Dich unbedingt Jason vorstellen. Und bitte erschrecke nicht, er hat noch einige Freunde mitgebracht." Nun, das Wort „einige" empfand ich doch eher als unpassend: Seine Sippe schien fast den ganzen Wohnraum einzunehmen!

Stella strahlte, sie war ganz offensichtlich voll in ihrem Element. Sie packte meine Hand und zerrte mich in das

Getümmel. Ich spürte die Blicke – vor allem die Blicke der Fremden. Und ich kann nicht behaupten, dass ich mich wirklich wohl fühlte. Sie schauten mich nicht nur einfach an, nein – sie fixierten mich. Und mir fiel auf, dass sie alle eine Gemeinsamkeit hatten: Sehr ausdrucksstarke Augen, die fast schon unheimlich wirkten.

Aber ehe ich weiter nachdenken konnte, blieb Stella endlich stehen. „Jason, darf ich Dir Sam...äh, Samantha vorstellen? Meine Mitbewohnerin, von der ich Dir bereits erzählt habe." Der Mann, von dem ich bisher nur den Rücken bewundern durfte, drehte sich um – und mir blieb fast die Luft weg. Himmel, sah dieser Kerl verboten gut aus! Er war sehr groß und schlank. Trotzdem konnte man gut erkennen, dass er muskulös gebaut war. Seine langen braunen Haare, hatte er zu einem Zopf gebunden. Seine Lippen waren herrlich geschwungen, und luden förmlich ein, sie leidenschaftlich zu küssen. Natürlich trotzte ich dieser Versuchung, was gar nicht so einfach war! Aber was mir wirklich die Sinne raubte, waren seine Augen, diese traumhaften Augen. Sie waren fast schwarz, schienen aber permanent ihre Farbe zu wechseln. Ich fragte mich, wie so etwas möglich sein konnte. Was seine Kleidung anging, hatten wir wohl instinktiv dieselbe Idee: Er trug eine schwarze Hose, und ein schwarzes Hemd. Dieses hatte er recht weit aufgeknöpft, so dass ich seine leichte Brustbehaarung sehen konnte. Insgesamt betrachtet, war er eine sehr elegante Erscheinung, die Macht und Selbstbewusstsein ausstrahlte. Und verdammt sexy dazu. Ich fing an, Stellas Begeisterung zu verstehen.

„Schön Sie kennen zu lernen Samantha. Ich habe schon viel über Sie gehört. Sie sind Schriftstellerin, nicht wahr?" Gott, was für eine Stimme! Sehr ruhig, sehr tief und eindringlich. Ich konnte nicht sofort antworten, denn die Art, wie er mich ansah, verwirrte mich zusätzlich....es war, als würde er in mich hineinsehen wollen. Er fixierte mich, noch viel intensiver, als das seine Freunde getan hatten. Es war, als würde ich seine Blicke spüren, an jeder Stelle meines Körpers. Ich fühlte mich wie in Trance. „Sam, geht es Dir gut? Warum sagst Du denn nichts?" Stella brachte mich in die Realität zurück – was unter anderem auch daran lag, dass sie eine sehr schrille Stimme hatte. Wie hielten das ihre Kollegen nur aus?

„Hallo Jason, ich freue mich ebenfalls. Ja, Sie wurden richtig informiert. Ich bin die introvertierte Schriftstellerin, die den Tag scheut und erst nachts wirklich munter wird." Ich reichte ihm die Hand. Er nahm sie und hauchte einen zarten Kuss darauf. Ich spürte,wie ich anfing, innerlich zu beben. Mein Gott, hoffentlich merkte er das nicht. „Sie lieben also die Nacht? Nun, dann haben wir ja eine Gemeinsamkeit. Ich bin tagsüber zu nichts zu gebrauchen." Jason lächelte charmant. Ich bemerkte, dass er, trotz seines Lächelns, kühl und irgendwie gefährlich aussah. Meine innere Stimme meldete sich plötzlich zu Wort – sie warnte mich vor ihm...

„Nun, das dürfte wohl der Grund sein, warum man sie den Vampir nennt?" Ich konnte mir, diese provokante Frage nicht verkneifen. Stella sah mich böse an, was ich diskret ignorierte. Jasons Augenfarbe schien sich erneut zu verändern, sein Blick war nicht zu deuten. „Und Sam schreibt gerade einen Roman über Vampire. Irgendwie hängt sie an diesen mystischen Sachen." Stella kicherte wie ein kleines Schulmädchen. Na, zumindest war sie nicht böse auf mich.

Jason kam einen Schritt näher, stand nun ganz dicht vor mir:"Sie schreiben über Vampire? Das interessiert Sie? Glauben Sie an Vampire?" Er sprach sehr leise zu mir, und ich fühlte mich plötzlich sehr unbehaglich. „Nein, das sind nur Märchen. Ich glaube natürlich nicht an Vampire. Aber diese Wesen faszinieren mich." Ich sah ihn direkt an – verdammt, was war das? Ich fühlte mich zu diesem Mann hingezogen, und gleichzeitig spürte ich ganz deutlich, dass irgend etwas nicht mit ihm stimmte. Aber was? Ich schien die einzige Person zu sein, der das auffiel.

Ich hielt es für besser, mich zurückzuziehen. Ich sehnte mich nach meinem kleinen Zimmer, meiner Ruhe und dem Laptop. Ich war nun genau in der richtigen Stimmung, um zu schreiben. Die Eindrücke, die ich eben gewonnen hatte, durch Jason und seine Freunde, waren überwältigend. Außerdem war mir nicht entgangen, dass Stella, diesen Jason förmlich anhimmelte. Ich wollte den beiden also keinesfalls im Wege stehen. Als ich mich verabschiedete, fiel mir auf, dass Stellas selbst gemachte Bowle, fast gänzlich unberührt blieb.

„Jason, wie wäre es? Wollen Sie nicht einmal kosten? Trinken Sie überhaupt?" Mist, ich konnte es nicht lassen! Was war denn mit mir los? Glaubte ich ernsthaft, Jason sei ein Vampir? So ein Blödsinn. Nur weil er in vielen Dingen, genau dem entsprach, was ich mir unter einem Blutsauger vorstellte. Jason reagierte gelassen:" Ich trinke keinen Alkohol, vielen Dank. Was aber nicht heißen soll, dass ich nicht durstig wäre. Und hungrig noch dazu. Ich sollte bald für Abhilfe sorgen." Mir lief es eiskalt den Rücken herunter, als der das aussprach – vor allem aber, WIE er es tat. Spielte er ein Spiel mit mir? Er wollte mir Angst machen, oder er verspottete mich einfach. Ich hatte genug. Ich wollte nur weg.

„Feiert ihr mal noch schön. Mir reicht es für heute. Ich widme mich lieber meinen Vampiren. Ihr wisst schon, diese erotischen Wesen der Nacht." Stella lachte über diese Bemerkung, aber als ich Jason ansah, bemerkte ich ein gefährliches Funkeln in seinen Augen. Ich wich seinem Blick nicht aus – ich hielt ihm stand. Damit schien er wohl nicht gerechnet zu haben:"Schade, dass Sie uns schon verlassen, liebe Samantha. Ich denke, wir hätten uns noch sehr viel zu sagen. Aber vielleicht ist es wirklich besser, wenn Sie jetzt gehen." Was sollte das denn nun heißen? Störte ich ihn in irgendeiner Form? Oder empfand er mich einfach als verrückte Nervensäge? Wie auch immer, ich bewegte mich an all den seltsamen Gestalten vorbei, um endlich mein Zimmer zu erreichen. Und wieder starrten mich Jasons Freunde unentwegt an. Und irgendwie sahen sie hungrig aus...

Instinktiv drehte ich mich noch einmal um, ehe ich mein Zimmer betrat...nicht weit entfernt stand Jason. Ich hatte seine Blicke die ganze Zeit gespürt und mir war, als würde seine Hand nach mir greifen. Dort stand er nun, weit entfernt und doch so nahe. Sieh mich an Samantha! Himmel, was war das nun gewesen? Wer sprach zu mir? Samantha, hörst Du nicht?Sieh mir in die Augen! Doch es stand niemand neben mir, die anderen waren alle ein gutes Stück entfernt. Es gab nur einen, der mich mit Blicken durchbohrte, Jason! Aber er sprach nicht, seine Lippen machten keinerlei Bewegung. Konnte das sein? Sprach

Jason zu mir? So ein Blödsinn Samantha. Deine Vampirgeschichten steigen Dir allmählich zu Kopf. Und den Wein hätte ich wohl auch nicht trinken sollen. Jason hatte Recht, man sollte besser ganz auf Alkohol verzichten. Ich war das beste Beispiel dafür, welche seltsamen Folgen das haben konnte. Zumal ich wirklich nicht viel vertrug.

Ich war unendlich erleichtert, als ich endlich mein Zimmer betrat, und die Türe schließen konnte. Ich wusste nicht warum – aber zum ersten Mal, seit ich hier lebte,dachte ich daran, abzuschließen. War das albern? Ja, vielleicht. Trotzdem holte ich den Schlüssel aus der untersten Schublade meines Schreibtisches und folgte meinem inneren Drang. Diese Nacht war anders, ganz anders – und es würde nie mehr so sein wie bisher. Ich konnte nur nicht deuten, was hier geschah. Hatte ich Angst? Ja, in gewisser Weise schon. Aber voll Schrecken musste ich mir eingestehen, dass ich freudig erregt war. Und das bezog sich vor allem auf Jason. Dieser Mann hatte das geschafft, was mir inzwischen völlig fremd war: Ich dachte an ihn, unentwegt. Er faszinierte mich. Nein, da war noch mehr, viel mehr...aber ich war nicht in der Lage, meine Gefühle zu analysieren. Aber wer war er? Und vor allem, WAS war er?

Als ich eine Weile an meiner Geschichte gearbeitet hatte, wurde ich träge..und müde dazu. Ich hörte, dass die Feier noch in vollem Gange war. Laute Musik und Gelächter waren der sichere Beweis. Ich beschloss, für einige Minuten auszuruhen, und legte mich auf mein Bett. Es war zwar keineswegs geplant, doch dann schlief ich ein...und wieder war da plötzlich diese Stimme in meinem Kopf: Samantha, bleib wo Du bist! Wenn Du leben willst, dann befolge meine Worte...

Als ich aufwachte, war es totenstill in der Wohnung. Ich sah auf die Uhr: Erst kurz nach Mitternacht, Geisterstunde also. Ich war selbst überrascht, dass es noch so früh war – so lange hatte ich gar nicht geschlafen. Plötzlich das Geräusch von klirrendem Glas, und der Schrei einer Frau – Stella? Ich erschrak. Kurz danach ein Rütteln an meiner Türe, die Gott sei Dank verschlossen war. Eine energische Stimme, die ein deutliches „Nein" rief, und von der ich sicher war, ich hatte sie schon einmal gehört. Jason? Danach nichts mehr – es war wieder ruhig.
Mir wurde das alles langsam suspekt und ich beschloss,nachzusehen. Was konnte schon sein? Eine Horde Betrunkener, die teilweise schliefen, teilweise orientierungslos in unserem Appartement herum irrten? Oder waren sogar die meisten Gäste längst gegangen? Da man Stella unmöglich zu lange ertragen konnte, hielt ich das für möglich.

Ich warf einen letzten Blick in den Spiegel – absolut unwichtig – aber es konnte ja sein, dass Jason noch anwesend war. Jason – da war er schon wieder. Konnte ich an gar nichts anderes mehr denken? Jedenfalls hatte mein Aussehen nicht gelitten, obwohl ich geschlafen hatte. Ich drehte vorsichtig den Schlüssel im Schloss um, damit mich auch ja niemand hören konnte. Ich drückte leise die Türklinke herunter, öffnete und verließ mein Zimmer. Es war alles ruhig, kein Mensch zu sehen. Leider war es nicht möglich, unauffällig einen Blick in den Wohnbereich zu werfen – die Türe war geschlossen.

Gut, dann musste ich eben die Höhle des Löwen betreten, es half ja nichts. Wahrscheinlich würde ich zuerst über einige Schnapsleichen stolpern, oder in Glasscherben treten. Ich erinnerte mich an das Geräusch von vorhin. Hatte ich Angst? Nein, nicht wirklich – aber dieses ungute Gefühl, das ich hatte, seit mir Jason und seine Freunde begegnet waren, kam zurück. Und es war wesentlich stärker als zuvor.

Ich war auf alles gefasst, als ich eintrat. Aber was ich dann tatsächlich erblickte, konnten weder meine Augen, noch mein Gehirn, so schnell verarbeiten. Überall lagen Menschen, zum Teil halb ausgezogen. Ich sah, dass es sich,ohne Ausnahme, um Stellas Kollegen handelte. Da war zum Beispiel Sandy, ebenfalls Fotografin: Sie lag, mit geschlossenen Augen, auf der Couch. Über ihr kauerte ein Mann, der mir fremd war. Als ich näher trat, verstand ich, was hier geschah: Sandy war überall mit Blut beschmiert, aber hauptsächlich lief es aus ihrem Hals. Der Mann, der mich keines Blickes würdigte, leckte sich die Lippen. Aus seinem Mund lief Blut – Sandys Blut wie ich vermutete. Der Kerl trank ihr Blut!

Ich hätte entsetzt aus dem Zimmer rennen müssen, aber irgend etwas hinderte mich daran. Wohin ich auch sah: Blut, menschliche Körper, die von von Jasons Freunden ausgesaugt wurden. Das konnte doch nicht wahr sein – Vampire! Ich selbst schrieb darüber, aber ich hatte doch niemals ernsthaft, an deren Existenz geglaubt! Tom, dieser schmierige Kerl – er lag auf dem Boden, keuchend. Über ihm waren gleich 3 Vampire, die seinen roten Lebenssaft voller Hingabe tranken. Einer saugte an seinem Hals, eine Frau vergnügte sich an seinem Arm, der dritte Blutsauger biss gerade im Brustbereich zu. Toms Augen wurden immer ausdruckloser und dennoch hatte ich den seltsamen

Eindruck, es gefiel ihm. Wie verrückt!

Ich fragte mich,woher ich die Kraft nahm, das anzuschauen - vor allem aber den Mut, einfach im Wohnraum stehen zu bleiben. Es war sicher nur eine Frage von Minuten, ehe sich einer der Vampire auf mich stürzen würde. Lag es daran, dass mich meine Vampirgeschichte, und das Interesse für Mystik und Grusel, schon so weit abgehärtet hatten, dass mich nichts mehr schockieren konnte? Ich hörte ein Stöhnen und drehte mich um. Carolyn, ebenfalls eine Bekannte , lag vor dem Kamin. Sie war vollkommen nackt. Auf ihr lag ein äußerst attraktiver Vampir mit roten, halblangen Haaren und einem Körperbau, der mich erzittern ließ. Er trank gierig das Blut, das aus Carolyns Hals tropfte, nachdem er zuvor, seine langen Fangzähne, hinein gestoßen hatte. Die Bewegungen des Paares waren eindeutig: Sie vollzogen den Liebesakt. Carolyns Stöhnen wurde immer lauter, sie stand wohl kurz davor, den Gipfel der Lust zu erreichen.

Ich fragte mich allmählich,ob ich am Ende pervers war, und davon bisher noch nichts gewusst hatte. Denn ich empfand keinen Ekel, obwohl ich eigentlich kein Blut sehen konnte. Auch der erste Schock war schnell überwunden – obwohl hier Menschen starben... ich fand das alles mehr als erregend, und schämte mich fast dafür. Apropos Erregung, wo war Jason? Wo war Stella? Ich lief durch das Zimmer, ohne dass mich jemand aufgehalten oder gar angegriffen hätte. Aber warum? Ich fing an mich zu fragen, ob ich streng roch, in irgendeiner Form – oder ob ich, eventuell, nicht dem Schönheitsideal von Vampiren entsprach.

Da entdeckte ich sie, Jason und Stella! Sie wurde von

112

Jason an die Wand gedrückt, so dass sie nicht entfliehen konnte. Stella hatte ihren Kopf zur Seite geneigt und Jason hielt ihn mit einer Hand fest. Somit war sie außerstande, sich ihm zu entziehen. Gerade als ich dazu kam, bohrte er seine Zähne in Stellas Hals. Sie schrie auf, und ich konnte ihr ansehen, wie stark der Schmerz sein musste. Sie versuchte verzweifelt, den Kopf zu bewegen, Jason weg zu stoßen – ohne Erfolg. Gierig trank der Vampir den roten Saft, der nun aus ihrem Hals lief.

Schon nach kurzer Zeit, veränderte sich Stellas Gesichtsausdruck. Und sie wehrte sich nicht mehr gegen den Angriff. Sie umarmte Jason, und lächelte ihn an. Er ließ kurz von ihr ab, um liebevoll ihr Gesicht zu streicheln. Stella griff daraufhin energisch in seinen Nacken, und zog ihn erneut zu sich. Ja, es war eindeutig, sie wollte, dass er ihr Blut trank – sie schien es zu genießen! Ein leises Stöhnen kam über ihre Lippen,und sie hatte die Augen geschlossen. Ich hörte das schmatzende Geräusch, als Jason erneut saugte.

Die beiden hatten mich noch nicht bemerkt. Ich stand regungslos da, und beobachtete, wie Stella, diesem unwiderstehliche Mann, alles von sich gab. Ihr Blut, ihre Seele – ihr Leben! Und dann spürte ich etwas in mir,das mich fast krank machte: Eifersucht! Was wollte Jason von Stella? Hatte er Gefühle für sie? Wie zärtlich er ihr Gesicht berührt hatte,wie leidenschaftlich er sie umarmte.

Mistkerl dachte ich, und wollte mich gerade weg drehen, als Jason abrupt den Kopf hob. Er sah mich an, sah mir direkt in die Augen. Ich vermochte nicht zu deuten, was darin zu sehen war....Überraschung, Wut? Sie funkelten gefährlich. Blut lief sein Kinn herab, und endlich sah ich sie: Zwei spitze Fangzähne! Ich wollte mir nicht ausmalen,wie es sich anfühlen musste, diese in den Hals geschlagen zu bekommen. Doch trotz allem, er sah wild aus, gefährlich – und irrsinnig verführerisch!

Samantha, warum bist Du hier? Das hättest Du Dir nicht ansehen sollen.

War ich komplett verrückt? Schon wieder diese Stimme – die Stimme von Jason. Aber wie konnte das sein? Er sprach nicht mit mir,er starrte mich nur an.

„Entschuldige die Störung beim Essen." Mit dieser recht dämlichen Bemerkung rannte ich aus dem Zimmer. Niemand hielt mich auf – komischerweise.

Als ich im Flurbereich stand, plagte mich mein Gewissen: Hätte ich helfen können? Aber wie? Die Vampire waren eindeutig in der Überzahl. Und ob ich nun Vampirgeschichten schrieb oder nicht – ich wusste nicht, wie man Vampire töten könnte. Viel schlimmer aber, wollte ich diese Wesen wirklich vernichten? Die ich doch so aufregend fand,wenn auch bisher nur theoretisch? Und die Polizei rufen? Nun, das konnte ich nun wirklich vergessen. Was sollte ich denn erzählen:"Entschuldigen Sie Sir, ich habe eine Horde hungriger Vampire in meiner Wohnung."

Dann musste ich wieder an Jason denken, und ich spürte einen Stich in der Herzgegend. Verdammt, warum war ich eifersüchtig? Wäre es mir lieber gewesen, er hätte MICH ausgesaugt? Und jetzt legt er sie bestimmt gerade flach – ich wusste nicht, dass Vampire auch fleischliche Gelüste haben. Meine Gedanken waren wirr. Wir haben sehr wohl Gefühle, auch körperliches Verlangen. Aber für Stella interessiere ich mich überhaupt nicht. Sie ist meine

114

Nahrungsquelle, mehr nicht.

Ob es mir nun gefiel oder nicht, zwischen Jason und mir gab es eine Verbindung, die es uns erlaubte, auch ohne Worte, miteinander zu kommunizieren. Warum auch immer. Viel schlimmer aber, der Kerl konnte scheinbar meine Gedanken lesen. Jedenfalls viele davon. Samantha, geh jetzt! Verlasse dieses Haus und komme nie wieder zurück. Hast Du mich verstanden? Ich gebe Dir diese Chance – aber nur diese eine! Das war ja nochmal schöner, nun machte er mir schon Vorschriften. Ich wurde allmählich richtig sauer Du spinnst wohl! Und wo soll ich hin? Und mein ganzes Hab und Gut?Und wenn ich gehe, sehe ich Dich und Deine Freunde wirklich niemals wieder? Es entstand eine kurze Pause Nein, niemals wieder. Ich verspreche es Dir. Und sei nicht so verdammt unverschämt zu mir!

Ich stand schon an der Türe, die Hand an der Klinke. Ich konnte gehen – er würde mich nicht aufhalten. Ich hatte eine Freundin in Mayfair, dort könnte ich erstmal bleiben. Natürlich durfte ich nicht sagen, was geschehen war – sie würde mich sonst für komplett verrückt halten. Und ich würde Jason nie mehr wiedersehen. Ich würde wieder mein altes Leben leben. Wenn auch ohne Stella. Ich fragte mich ernsthaft, wollte ich das? Wirklich? Nein, so leicht sollte mich der Herr Vampir nicht loswerden! Nicht mit mir! Ich musste komplett lebensmüde geworden sein,als ich anfing, ihn zu provozieren. Ich nutzte nun die Vorteile unserer mentalen Verbindung. Außerdem gefiel mir der Gedanke,ihn beim „Essen" zu stören.

Ein nächster Versuch, ich drückte die Türklinke herunter – hielt die Türe aber nur leicht geöffnet. Wirklich gehen wollte ich nicht, das spürte ich ganz tief in mir drin. Das hier war alles neu – wenn auch auf erschreckende Art und Weise. Stella war tot – jedenfalls so ähnlich. Und in unserem Wohnzimmer fand eine Blutorgie statt, angeleitet von einem gefährlichen, dominanten aber verdammt attraktiven, unwiderstehlichen Vampir. Was sollte ich tun? Wie weit konnte ich gehen?

Weißt Du was, es ist mir ganz egal, was Du von Stella oder sonst einer Frau willst. Es interessiert mich nicht. Wahrscheinlich bist Du sowieso ein ganz mieser Liebhaber. Aber ich lasse mich doch nicht aus meiner Wohnung vertreiben! Dass Du es weißt! Ich musste komplett irre sein, so mit Jason zu reden. Kurze Stille...Samantha, es reicht. Weißt Du überhaupt, mit wem Du es zu tun hast? Nun, wusste ich das? Nein, nicht wirklich – und das machte mich wohl mutiger.

Mit einem rechthaberischen ausgeflippten Vampir, der glaubt, mit einem kessen Augenaufschlag, beherrscht er alles und jeden. Wow, das war gut, ich war stolz auf mich. Plötzlich, ohne mein eigenes Zutun, schlug die Türe zu. Du bist zu weit gegangen Samantha. Ich werde Dich Respekt lehren.

Ich war beeindruckt, die Verbindung zwischen Jason und mir, warum auch immer, war genial. Fast als stünde er hinter mir. Ich hatte diesen Gedanken noch nicht wirklich zu Ende gedacht, da geschah es: Eine Hand griff grob in meine Haare, und bog meinen Kopf brutal nach hinten. Dann legte sich ein Arm um meine Taille, umklammerte mich fest. „Es war ein großer Fehler, nicht zu gehen. Bist Du auch mutig genug, die Konsequenzen zu tragen?"

116

Plötzlich ein stechender Schmerz – schlimmer als alles, was ich jemals erlebt, jemals gespürt hatte. Spitze Zähne schlugen in meinen Hals, durchbohrten meine Haut. „Nein Jason, hör auf damit! Hör sofort auf! Es tut so weh!" Ich schrie mir die Seele aus dem Leib, und strampelte wie ein wild gewordenes Kind. Aber dadurch wurde der Schmerz nur noch schlimmer. Ich hatte keine Chance, zu entkommen. Jason war viel zu stark für mich. Er hielt mich fest umklammert.

Wehre Dich nicht Samantha, es macht keinen Sinn. Ergib Dich, lass Dich fallen. Dann wirst Du es sogar genießen. Ergeben? Genießen? Niemals! Obwohl ich langsam schwächer wurde, versuchte ich eisern, Jason zu treten, meinen Kopf zu drehen. Ich konnte spüren, dass er langsam wütend wurde. Ich fragte mich, ob er mich nun töten würde, ob es schon soweit sei. Der stechende Schmerz hatte nach gelassen. Ich spürte, wie er mein Blut trank, wie es von meinem Körper in seinen floss. Dann, von einem Moment zum anderen, wurde mir übel. Ich versuchte, noch etwas zu sagen, doch plötzlich wurde es mir schwarz vor Augen. Meine Beine gaben nach und ich sackte zusammen. Das letzte was ich fühlte, war Jasons warmer Atem und Arme, die mich hoch hoben und davon trugen...

„Jason, sie kommt zu sich." Ich sah in ein wunderschönes Gesicht, mit großen grünen Augen. Es war der Vampir, den ich zuvor beim Liebesakt beobachtet hatte. Die langen roten Haare, waren inzwischen zu einem Zopf gebunden. Das schien wohl eine äußerst beliebte Frisur bei Vampiren zu sein. Ich versuchte zu erkennen, wo ich war und mit wem. Ich befand mich immer noch in unserer Wohnung, aber inzwischen wieder im Wohnzimmer. Die anderen Vampire, waren um mich versammelt, machten fast schon einen besorgten Eindruck. Ich lag auf dem weichen Fell beim Kamin – wo zuvor Carolyn große Lust, wohl aber auch den Tod gefunden hatte.

Seltsamerweise hatte ich keine Angst – ich spürte, sie würden mir nichts tun. Wo waren all die anderen? Die Opfer der Vampire? Stella und ihre Kollegen? Ich wollte mich aufsetzen, nachfragen. Doch der Schmerz an meinem Hals gebot mir Einhalt. „Mist, tut das weh." Ich schimpfte und erinnerte mich daran, was Jason mir angetan hatte. Ich hasse Dich! Ich hatte für einen Moment vergessen, dass er meine Gedanken lesen konnte. Jason trat an mich heran, sah auf mich herab, wie ich auf dem Fell lag. „Tust Du das Samantha? Wirklich?" Seine Augen sahen mich fast traurig an. Verdammt, ich log und ich war mir sicher, er würde es spüren. Früher oder später. „Was vorhin geschah...es tut mir leid! Es war nicht meine Absicht, Dir solche Schmerzen zu bereiten. Doch ich war so wütend, Du hast mich provoziert und..." Er unterbrach mitten im Satz und ich konnte mir ein Grinsen nicht verkneifen.

„Soso, ich habe es also geschafft, den großen bösen Vampir aus der Reserve zu locken? Das war es mir dann doch fast Wert." Jasons Augen funkelten böse, doch dann meinte ich, ein Lächeln zu erkennen. Da war etwas zwischen uns, das ich nicht erklären konnte. Dieser Mann, der eigentlich ein Monster war, verkörperte alles, was ich jemals gesucht hatte. Aber welche Zukunft hatte das? Ein Mensch und ein Vampir? Wenn ich überhaupt noch ein Mensch war! Voll Panik berührte ich meinen Hals und war wohl leichenblass vor Schreck. „Keine Angst Sam – ich habe nur wenig von

Deinem Blut getrunken. Bisher...ich wollte Dich ja nur bestrafen. Du bist noch kein Vampir."

Das beruhigte mich nun nicht wirklich: „Was meinst Du damit Jason? Ich bin noch kein Vampir? Und bitte nenne mich nicht Sam!" Ich bekam nun doch ein wenig Angst,das musste ich mir eingestehen. Jason setzte sich zu mir, sah mich lange an...dieser Blick, der bis tief in meine Seele reichte. Er streichelte mein Gesicht, und betrachtete mich. Zuerst nur mein Gesicht, doch dann wanderten seine Augen weiter, schienen meinen gesamten Körper in Besitz zu nehmen. Und plötzlich konnte ich es genau erkennen – die Gier in seinen Augen. Gier nach meinem Körper? Gier nach meinem Blut?

„Jason, es wird Zeit für die Umwandlung. Die Sonne geht in wenigen Stunden auf. Bis dahin müssen wir von hier verschwunden sein. Die Zeit drängt!" Es war wieder der rothaarige Vampir,der zu ihm sprach. Jason sah mich an, dann nickte er:" Dann lasst uns jetzt bitte alleine. Geht ihr schon voraus, nehmt die anderen mit. Ich komme mit Samantha nach." Er verbeugte sich vor Jason,was mir bewies, dass Jason eine große Macht über die anderen hatte. „Bist Du sowas wie Graf Dracula?" Jason sah mich verständnislos an:"Wie bitte? Wer soll das sein?" Ich war zu aufgeregt, zu nervös, um das nun zu erklären. „Wo sind Stella und die anderen,die ihr ausgesaugt habt?" Ich musste es wissen. „Sie sind schon auf dem Weg zu unserer Unterkunft. Sie werden bald ihr neues Leben beginnen. Du hast Stella also nicht verloren. Wenn Dich das beruhigt."

NEIN, Jasons Worte hatten leider genau das Gegenteil bewirkt,und mir wurde langsam klar, auf was das alles hinauslaufen sollte. „Das mit der Umwandlung – Dein Kumpel sprach nicht zufällig von MEINER Umwandlung?" Meine Stimme klang inzwischen nicht mehr so selbstsicher. Ich wollte aufstehen, doch Jason zog mich unverzüglich zurück. „Ja, das meinte er Samantha. Du bist anders als die anderen. Anders als all die Frauen, die mir in den letzten 300 Jahren begegnet sind. Ich habe es sofort gemerkt, als ich Dich sah. Zuerst wollte ich Dich verschonen. Daher haben Dich auch die anderen Vampire nicht angerührt." Ich erinnerte mich...das Pochen an meiner Türe und Jasons Stimme, die mich wohl vor schlimmerem bewahrt hatte.

„Doch Du hast Deine Chance nicht genutzt – und ich habe gespürt, dass ich dem Drang, Dich zu besitzen, nicht länger widerstehen konnte. Und als ich vorhin Dein Blut trank, wenn auch nur wenig, war mir klar, dass ich Dich niemals wieder gehen lassen konnte. Du gehörst zu mir Samantha." Er sah mich an, und zum ersten Mal, konnte ich so etwas wie Wärme in seinen Augen erkennen. Er beugte sich zu mir herab, und seine Lippen berührten zärtlich die meinen. Ich verlor mich in diesem Gefühl, und gab mich ganz seinem Kuss hin. Ich musste verrückt sein, doch ich wollte ihn – ich wollte ihn so sehr! Nun kannst Du ja selbst urteilen, ob ich ein so mieser Liebhaber bin...seine Worte, eindeutig sarkastisch, hallten in meinem Kopf...musste er mir das, was ich vorhin dummerweise gesagt hatte, gerade JETZT vorhalten?

Ich presste meinen Körper an seinen, und seine Hände schienen plötzlich überall auf meiner Haut zu sein. Ich hatte das Gefühl zu verbrennen, und wieder sah ich in seinen Augen diese unbeschreibliche Gier. Langsam zog er mich aus, schien den Anblick meines nackten Körpers, aus vollen Zügen zu genießen. Ich löste sein Haarband, und seine langen braunen Locken fielen weich auf seine Schulter, umrahmten sein wunderschönes Gesicht. Ich hatte noch nie einen so perfekt aussehenden Mann getroffen. Als er sich ebenfalls entkleidet hatte, ließ er sich langsam auf mich nieder, öffnete meine zitternden Schenkel...in dem Moment, als er in mich eindrang, als ich seine ganze Kraft, seine Männlichkeit in mir spürte, wusste ich, dass es kein Zurück gab.

Wir liebten uns wie im Rausch. Ich verlor jegliches Zeitgefühl, und es schien nur noch uns beide zu geben. Gleich gehörst Du mir – der erste Schritt ist bereits getan. Ich brauche Dein Blut Samantha, bitte...er sah mich fordernd an. Ich hatte Angst vor dem letzten Schritt,vor dem Weg ins Dunkel, der unausweichlich schien. In dem Moment, als ich den Höhepunkt meiner Lust erlebte, als mein Körper zu beben begann, spürte ich Jasons warmen Atem an meinem Hals. Ehe ich wirklich begriff, was geschah, spürte ich einen stechenden Schmerz am Hals. Ich schrie auf – der Schmerz war stark, aber nicht so intensiv, wie ich es bereits erleben musste. Allmählich beruhigte ich mich, ergab mich an mein Schicksal. Jason trank gierig mein Blut, und ich spürte, dass es ihn unsagbar stark erregte. Noch immer war er in mir, groß und unsagbar stark.

Ich spürte, dass ich allmählich schwächer wurde. Mit jedem Tropfen, der von meinem Körper in Jasons floss. Es schien endlos zu dauern, und er bewegte sich nun schneller . Als ich wirklich müde wurde, und alle Kraft mich verließ, bäumte sich der Vampir plötzlich auf. Es war grotesk: Während er mir Leben nahm, indem er mein Blut trank, ergoss er pures Leben, tief in mich hinein. Doch was ich fühlte, war pures Glück, Zufriedenheit und Liebe – zu einem Mann, den ich nicht wirklich kannte. Und der mir trotzdem so nahe war. Mit dem ich sprechen konnte, ohne meine Lippen zu bewegen. Nur über unsere Gedanken.

Mein neues Leben konnte beginnen, ein Leben ohne Sonnenschein, in ewiger Finsternis – doch ich würde es nicht alleine leben müssen. ER war bei mir, für jetzt und für alle Ewigkeiten. Ich schloss die Augen und war bereit...

Herstellung und Verlag:
BoD - Books on Demand, Norderstedt
ISBN 978-3-7357-4151-6